La Noisetière

Du même auteur

LE SOLEIL DE MONEDIÈRE
Éditions de Borée

Antonin Malroux

La Noisetière

ROMAN

LE GRAND LIVRE DU MOIS

22, rue Huyghens, 75014 Paris

1

François, perplexe, repose le combiné. Le correspondant n'a pas laissé ses coordonnées et le message a été bref : « ... des choses vous concernant à la Noisetière... » a dit la voix. Une voix inconnue. Au bar, les clients consomment comme d'habitude.

Le Chemin des vents, café-bar du onzième arrondissement, tourne à plein régime, avec à sa tête le couple François-Amandine Vaillargues. Quatre garçons assurent le service en salle. Ils sont de la même province que les patrons et ça sent bon « le bougnat ». Quelques habitués ne se gênent pas pour s'exprimer dans ce patois parfumé de terroir au goût de souvenir et de nostalgie.

La Noisetière... Dès cet instant, le passé de François, depuis si longtemps enfoui, s'impose à lui. Il le laisse resurgir sans lui résister, de bon gré même.

Sa mère, Justine Vaillargues, gagnait sa vie comme repasseuse ou couturière à domicile, ou n'importe quelle besogne qu'elle pouvait assurer, car c'est seule qu'elle élevait son fils, François.

Comme elle était belle, sa mère ! Et cette beauté provoquait parfois bien des envies. Des prétendants se manifestèrent, mais elle les repoussait fermement. « Le père de François va revenir », leur disait-elle. Il y en eut un, plus hardi que les autres, qui lui dit :

– Je ne suis pas le père de François, c'est vrai, mais je deviendrai le père de votre enfant, comme Joseph dans la Bible.

– Oui, mais mon François n'est pas le fils du Saint-Esprit, vous comprenez ?

Argument sans appel ! Sa fierté lui commandait de vivre seule. Imaginer un père qui ne fût qu'un remplaçant pour François n'était pas concevable. Elle lui avait souvent parlé de son père et lui promettait son retour. François s'était accommodé de cette histoire. Mais plus le temps passait, plus il se posait de questions. À l'école, comme dans la rue, quolibets et moqueries ne lui furent pas épargnés.

Une situation bien difficile, une vie bien précaire. Justine s'était adaptée à ces circonstances. Sa véritable inquiétude c'étaient les résultats scolaires de son fils. Car, malgré les recommandations du maître, il ne faisait guère de progrès, même si, en dehors de la classe, il était curieux et entreprenant. Il possédait une connaissance étonnante des choses de la vie, du village, ce qui n'empêchait pas la rêverie.

– Alors Vaillargues, toujours dans la lune !

La voix de l'instituteur – le Père la Pipe – lui revenait en mémoire.

– Tu sais que tu peux travailler autant que les autres, mais tu ne veux pas, hein ? Ta mère a bien du mérite.

L'instituteur le lui rabâchait, mais François ne se décidait pas à bien travailler.

– Votre fils est intelligent, il est au-dessus de la moyenne de mes élèves mais ne veut pas apprendre.

– Je n'y peux rien, répondait sa mère. Il est seul et si malheureux parfois !

– Il ne pourra même pas se présenter au certificat d'études s'il ne se réveille pas rapidement.

Le soir même, elle sermonnait son fils :

– François, j'ai vu le maître.

– Je sais ce qu'il t'a dit. Ne t'en fais pas maman, je m'en sortirai toujours, avec ou sans certif. Je lis des livres où beaucoup d'hommes ont réussi sans diplômes, ils ont même fait fortune souvent plus que les autres. Et puis, je sais compter. En calcul mental, je suis le plus fort, mais je ne le montre pas.

– Tu pourrais bien faire un effort pour moi, ta maman qui t'aime tant.

– Un jour, tu verras ce que je ferai pour toi !

– Un jour, toujours un jour, c'est aujourd'hui qui est important mon fils, ton avenir commence aujourd'hui...

– Aujourd'hui, je t'embrasse. Tu aimes bien quand on s'embrasse, dis ? Bon, je vais chez le père Canabex, j'ai un mot nouveau pour lui.

– Avec ses mots et ses histoires celui-là, il ferait mieux de t'encourager à travailler à l'école.

Le père Canabex, comme on l'appelait, était sabotier. Dans sa modeste vitrine on pouvait admirer le résultat de son savoir-faire : de magnifiques sabots, bridés ou non, trônaient au premier plan. On pouvait y voir aussi des galoches qui ne se vendaient pourtant plus guère. Mais des commandes çà et là, de vrais sabots de noyer ou de frêne, occupaient encore l'artisan. L'homme avait une passion : il ouvrait presque chaque jour le dictionnaire, heureux de ce savoir qu'il ne communiquait à personne, sauf à François.

François Vaillargues se souvient de ces rencontres.

Dans l'atelier encombré de bois odorant, d'outils, de poussière, de copeaux qui s'enroulaient, la matière noble se languissait dans un séchage lent et mesuré.

– Il y a bien une semaine que tu n'es pas venu me voir. François, tu m'avais oublié ?

– Ne dites pas ça, père Canabex. J'avais plein de devoirs à faire.

– Toi, tu fais tes devoirs désormais ?

– Voilà un joli mot : désormais.

– Oui, tu as bien choisi. Donc à l'avenir tu feras tes devoirs ?

– Hum ! Je suis pas sûr...

– Je ne suis pas sûr serait plus correct. Mais « désormais », tu le mets dans la boîte à mots ?

Cette boîte à mots, une trouvaille extraordinaire !

Sur une étagère faite d'une planche de bois brute, cette mystérieuse petite boîte, style coffret à cigares, renfermait les mots dignes d'intérêt du père Canabex. Confectionné avec du bois de hêtre, verni, l'intérieur tapissé de velours vert, ce coffret débordait de mots. Seul le poids du couvercle assurait sa fermeture.

– La connaissance est pour tout le monde, disait ce sage sabotier, les mots ne nous appartiennent que pendant le temps où nous les prononçons.

Avant cela, le mot était vérifié dans le *Larousse* ; on ne déposait pas l'ignorance dans la boîte. M. Canabex décidait s'il y avait sa place et personne n'y trouvait à redire.

François se souvient du mot « métamorphose ». Il lui avait fallu une après-midi pour son étude et sa compréhension. Comprendre les nuances entre transformation, évolution, changement, transmutation n'avait pas été facile. En définitive, la maîtrise de ce mot avait fini par l'enorgueillir.

Dans la mémoire de François, les saisons réapparaissent. Il se revoit au temps de son école, dans sa commune natale du Cantal : Le Rouget, noyée dans la châtaigneraie. Le bruit, le vacarme des récréations l'envahissent.

Tout en surveillant distraitement, instituteurs et institutrices étaient répartis en deux groupes qui se faisaient face, effectuant leurs déplacements rituels. Les uns avançant, les autres reculant.

Georges, Jean-Louis, Gérard, Roland, Raymonde, Monique, Marcelle, Pierrette, Marie-Jeanne, tous revivent, les cheveux ébouriffés, qui en blouse, qui en culottes courtes, avec leurs genoux marqués de mercurochrome. Leurs chaussettes en laine du pays, inlassablement tricotées par les grands-mères, tombaient sur leurs chaussures.

Amandine apparaît soudain, les cheveux mi-longs, légèrement frisés, une raie sur le côté, elle avait une coupe de garçon.

Sacrée gamine qui deviendrait la femme de François. Pourtant, il la trouvait prétentieuse et trop studieuse en classe. Et puis elle était maigre, il n'aimait pas les filles maigres.

D'autres souvenirs émergent.

Les jeudis on tuait le temps entre enfants du village : vadrouilles dans les chemins, les jardins, les prés et les bosquets. Un jour, à la suite d'une partie de cache-cache, François disparut. Tout le monde se mit à sa recherche ; les granges, les remises, les greniers furent visités. Amandine eut la bonne idée d'ouvrir la porte du foyer de la vieille chaudière à vapeur, inutilisée depuis longtemps. Elle y découvrit François. Un de ses camarades ayant bloqué le système de verrouillage, évidemment inaccessible de l'intérieur, l'enfant s'était endormi à force d'attendre. L'autre s'en était désintéressé. Quand Amandine lui tendit la main pour l'aider à sortir de sa cachette, il en sentit la douce chaleur.

– Je suis gelé, dit-il, pour tout commentaire.

Amandine n'oublia jamais cet incident et le village non plus. Par la suite, François accorda plus d'attention à cette camarade, sans le lui montrer, bien entendu. Elle n'était pas plus maigre que les autres et avait de beaux yeux.

Un autre jour, ils se cachèrent tous deux dans une grange. Maladresse ou pas, ils glissèrent dans un creux sournois et providentiel. Amandine se trouva couchée sur François. Pris au dépourvu, ils se regardèrent et, doucement, il l'entoura de ses bras, tout surpris de pouvoir faire ce geste. Elle se laissa faire, étonnée.

– Je te tiens, lui dit-il.

– Tu me tiens et alors ?

– Alors rien, répondit-il trop ému et ne sachant que faire.

– Pourquoi tu n'es pas comme les autres, François ?

Il restait muet, interdit, bouleversé. C'est alors qu'elle avait posé lentement sa main sur son visage et avait déposé un baiser sur la joue, mais si près de sa bouche... François n'avait pas eu le temps de réagir que déjà elle s'enfuyait en riant aux éclats...

– Mon premier émoi, soupire-t-il.

Il revoit ses grands-parents, des gens extraordinaires, les plus affectueux du monde, logeant dans une maison d'une seule pièce. Le cantou d'un côté, de l'autre le grand lit de châtaignier sombre, une table et un banc au milieu et un vaisselier, une armoire le long du mur. Mais dehors un potager plein à craquer, sauf pendant l'hiver et encore, car les choux, les poireaux et les salades de saison protégées par des fougères séchées, disposées quelques centimètres au-dessus, résistent aux fortes gelées.

Jules Vaillargues, son grand-père, ainsi que Léonie, sa grand-mère, le choyaient de leur mieux, comblant comme ils le pouvaient le vide laissé par l'absence du père. Pauvres et simples, mais pleins de bon sens, ils aimèrent de leur mieux l'enfant de leur fille Justine. Jules Vaillargues avait eu une belle idée pour aider son petit-fils : « le chien invisible ».

– Il n'y a d'ami sincère et fidèle que celui à qui tu peux tout dire et qui ne répète rien. Alors bientôt je vais te faire rencontrer mon ami le plus secret sur la terre : le chien invisible ! annonça-t-il à l'enfant.

François attendit quelques jours, deux ou trois, et son grand-père lui dit :

– Il est là, n'aie pas peur, viens. Mais ce n'est pas un chien comme les autres. Un jour, il a décidé que ce serait lui qui choisirait ses amis. C'est pour cela qu'il est devenu invisible.

À cet instant précis, le grand-père se tourna vers son petit-fils et, avec un sourire très tendre et très affectueux, lui dit :

– Tu vois, il t'aime déjà. Je lui avais parlé de toi, il était impatient de te connaître.

Ils caressèrent tous deux l'animal imaginaire. François entra immédiatement dans ce jeu. Naturellement, il avait dépeint son pelage, la couleur de ses yeux... il pouvait tout se permettre, tout imaginer.

– Pourquoi a-t-il les yeux si clairs, jaune d'or ? Je n'ai jamais vu un chien comme celui-là. Comment s'appelle-t-il ?

– Je vais te le dire à l'oreille, personne ne doit nous entendre. Je l'ai nommé Mystère, tu comprends pourquoi ?

– C'est formidable, Pépé, c'est formidable !

– Il est à toi aussi, tu pourras lui confier tes secrets et lui demander son avis, il est très intelligent. Tu vois, il te lèche déjà la main, c'est ton ami maintenant.

Il n'y eut pas d'autres questions, tout cela coulait de source. Ce fut magnifique. Un chien pour lui tout seul, que personne ne lui volerait jamais. Grand-père, un génie !

Mystère devint le confident de François, l'ami qu'il trimballait partout.

– Madame Vaillargues, votre fils François, je l'ai entendu parler... à personne.

– Il s'amuse, répondait-elle.

Mais elle savait !

Un jour, lors d'une promenade dans les bois à la recherche de champignons – des cèpes –, son grand-père lui fit connaître les noix de terre. « Tous les bergers ou pâtres connaissent cette plante dans la région. » Il repéra le fin feuillage et, d'une branche sèche et pointue, déterra le tubercule gros comme une bille.

– Ça se mange ?

– Hé oui ! tu le pèles délicatement avec l'ongle et tu croques.

Ce n'était pas mauvais, ni délicieux d'ailleurs. Mais aussi bon que les petits cèpes gros comme une noix ou une minuscule girolle que l'on mangeait crus. Même Mystère y goûta !

On mangeait n'importe quoi en ce temps-là, même les topinambours quand la neige les recouvrait. Les enfants vadrouillaient à leur guise dans cette campagne en dépit des quelques dangers. Les interdits étaient fort rares.... François aimait se rendre à la serbe noire près de Roquevie. Pourquoi celle-ci ? Il ne le sut jamais. Les serbes, ces mares naturelles ou aménagées, ne manquaient pas, réserves d'eau pour l'arrosage des prairies, elles servaient aussi de lavoirs parfois pour les lavandières. La serbe attirait François. S'allongeant à plat ventre, la tête au ras du bord, il observait cette eau d'à peine un mètre d'épaisseur et à demi dissimulée par les sorbiers et noisetiers. Le fond noir servait de refuge à de nombreux têtards, tandis que des grenouilles, dérangées dans leur passe-temps favori, plongeaient dans les recoins que leur passage troublait d'un léger nuage de boue.

La surface de cette eau lisse et brillante était troublée par les zigzags que faisaient les chèvres d'eau. Elles dessinaient avec leurs pattes longues et fines des ondes aussi fugitives qu'un écho minuscule. Attentif et silencieux, l'enfant était fasciné par ce ballet aquatique. Il parlait à Mystère, lui expliquant la métamorphose des têtards qu'il appelait « les couades ». Décidément, « métamorphose » était un mot extraordinaire.

Au centre de cette mare apparaissait une large pierre dont les bords disparaissaient dans la vase sombre. Une légende disait qu'un secret se trouvait dessous. Mais la pierre étant plus lourde que le secret, personne n'avait jamais osé soulever ce couvercle, même lorsqu'on vidait la serbe, et ça n'arrivait pas souvent.

Dans les prairies d'en bas, existaient d'autres serbes que les paysans utilisaient pour arroser et irriguer les terres. Quelques garnements inconscients, dont François, ouvraient parfois ces réserves d'eau. Il tirait sur la ficelle ou le fil de fer qui retenait la bonde, simplement pour admirer le tourbillon qui emportait toutes herbes, feuilles ou autres brindilles tombées dans la serbe. L'eau sortait en bouillonnements violents, ouvrant le passage parfois obstrué. Le flot déferlait dans les rases inondant les divers niveaux. Les derniers instants étaient les plus impressionnants. Le mystérieux remous, tournant toujours dans le même sens, grondait parfois si étrangement qu'on croyait entendre un monstre avalant le contenu de la mare. L'impétueuse fuite en entonnoir peut emporter une âme, disait-on... même si on ne savait pas très bien ce que ce mot voulait dire. Le spectacle terminé, il ne restait plus qu'un fond de vase, triste, noir, grouillant de têtards chanceux, une flaque d'eau retenue dans un creux et la pierre salie. La bonde replacée, quelques jours plus tard, la serbe retrouvait sa tranquillité tandis que le propriétaire cherchait en vain le ou les coupables.

2

C'était le jour des courses pour la famille Lavoine. Pendant que la mère faisait ses achats dans la boutique mal éclairée de l'épicier, Amandine et Calixte jouaient sur le bord de la chaussée qui servait de trottoir. Une voiture à chevaux arriva soudain à vive allure. « Attention, attention, place ! place ! » criait Gaston le conducteur, bien connu dans la région. C'était la voiture à cheval des Laborie, la seule encore utilisée dans le pays, et Gaston, le vieux garçon de ferme, consommait parfois au café plus qu'il n'est raisonnable et permis.

Les quelques passants s'écartèrent devant l'attelage fou.

À quoi Calixte pensa-t-il ? Quelques mètres avant l'arrivée du véhicule, il traversa la rue et, entravé par des débris de bois, tomba de tout son long au milieu de la chaussée. Justine Vaillargues, qui se trouvait là par hasard, vit la scène et eut le réflexe de se jeter sur l'enfant pour le protéger.

Le cheval l'évita de justesse, mais une roue de la

carriole passa sur les corps. La voiture déséquilibrée tituba et continua sa route se balançant de gauche et de droite. Les villageois, prévenus par ce tumulte, se précipitèrent vers Mme Vaillargues. Elle gémissait et ne pouvait plus se relever ; son dos, au moindre mouvement, lui provoquait de violentes douleurs. Quant à Calixte, protégé par le corps de Justine, il avait eu plus de peur que de mal. On transporta la malheureuse dans l'épicerie, on ne savait que faire.

Quand le médecin arriva, il constata l'importance de la blessure et ordonna l'hospitalisation de la blessée. Mme Lavoine savait qu'elle lui devait certainement la vie de son fils. Amandine pleurait aussi. Après un entretien avec le médecin, Mme Lavoine promit de prendre chez elle le jeune François en attendant la suite des événements.

Il fallut chercher François. On le trouva au bord du ruisseau. Il pêchait, en sifflotant, des goujons et des loches. Ce fut Amandine qui le dénicha, et, sans lui dire la vérité, insista pour qu'il vienne chez elle. François, après avoir congédié Mystère, bougonnait, inquiet de ce qui l'attendait.

– Pourquoi vous voulez me voir, que se passe-t-il ?

Pas de réponse.

– Ton père veut me reprocher quelque chose ?

– Mes parents veulent t'aider, c'est tout.

– Je n'ai pas besoin d'eux, si c'est pour travailler... Je ne reste pas longtemps, ma mère m'attend.

– Ne t'en fais pas François, dit-elle en voyant Mme Lavoine les rejoindre.

Discrètement elle lui fit signe de se taire d'un doigt sur la bouche. Ils arrivaient tous trois à Roquevie. Le père d'Amandine, campé devant sa porte, lui dit affectueusement :

– Entre François.

Devant sa réticence, il poursuivit :

– Voilà petit, il faut que je te prévienne. Ta mère a été renversée par une voiture.

– La voiture de qui ?

– Les Laborie, de Galassière, enfin un de leurs domestiques qui venait prendre livraison de matériel et de...

– Où est-elle ? l'interrompit François.

– Pour plus de sécurité, le docteur l'a fait conduire au centre hospitalier d'Aurillac, pour des radiographies ; ne t'inquiète pas.

– Que s'est-il passé ? Quand reviendra-t-elle ?

– Tu vas rester avec nous pour le moment, nous attendons des nouvelles. Tu iras chercher tes affaires.

À cet instant Mme Lavoine s'approcha de François qui ne comprenait pas cette affection soudaine. Elle le prit par les épaules :

– Tu seras ici comme chez toi en attendant son retour, ta maman...

– Ta mère, pour protéger Calixte, s'est jetée sous la voiture et sans cela... enfin tu vois..., reprit le père.

Calixte revenu parmi eux se serrait contre Amandine. Tous deux ne bronchaient pas. François baissait la tête comme pris dans un piège.

– Demain nous irons tous la voir, dit M. Lavoine pour clore la conversation. Maintenant, je repars aux bêtes.

François craignait cet homme à moustaches. Il était grand et parlait peu. De l'aube au coucher du soleil, il travaillait sa terre. Dès que les bruits de ses pas s'estompèrent, François se tourna vers Calixte, et, le fixant :

– C'est à cause de toi ce qui est arrivé.

Puis il s'assit, désemparé. Amandine ne parlait pas. Calixte haussa les épaules et dit :

– C'est pas de ma faute si je suis tombé !

– Allez, allez, tout ça ne sert à rien. Accompagnez François chez lui et ramenez tout ce qu'il voudra. Tu es d'accord, François ?

Amandine lui raconta à nouveau l'accident. François ne parlait pas. Il ne comprenait pas qu'on puisse traverser la rue quand déboulait un attelage.

– Que disait ma mère ?

– Elle avait mal dans les reins, elle disait qu'elle était cassée en deux.

– Si elle reste paralysée, je tue ton frère.

Puis il se mit à pleurer. Il avait treize ans et c'était le printemps.

L'accident fut lourd de conséquences. Les vertèbres de Mme Vaillargues avaient subi des lésions assez graves. La roue de la carriole avait violemment percuté le dos de la malheureuse. Le professeur

Armand Rascoule transmit son diagnostic au médecin de famille. L'avenir s'annonçait bien sombre. Elle devrait porter un corset en permanence, elle savait aussi qu'elle ne marcherait pas sans béquilles. Une catastrophe ! Quant aux assurances, ce fut pire encore. Le dimanche matin, le curé invita les fidèles à prier pour la guérison de Justine Vaillargues.

Le propriétaire du cheval, mal assuré, proposa un arrangement. Important fermier de Galassière, Louis Laborie avait envoyé son employé prendre livraison de matériel de quincaillerie au Rouget. Peut-être le conducteur n'était-il pas tout à fait à jeun... Mais on étouffa l'affaire comme bien d'autres fois ; le maître avait le bras long. Pourquoi l'animal s'était-il affolé ? Pas de réponse ! L'enfant qui avait été protégé par cette Justine Vaillargues n'était pas son fils, elle n'avait pas à faire ce qu'elle avait fait. Ne laissait-on pas entendre que l'enfant tout seul aurait pu passer entre les roues de la voiture ?

Bien que cruelle et contestable, ce fut, hélas, la conclusion que certains avancèrent. Handicapée à vie, Justine ne pouvait travailler et se retrouvait sans ressources. Lavoine et le riche fermier de Galassière se rencontrèrent longuement. Il n'y eut pas de témoin. Des ragots circulèrent. Au retour de Justine Vaillargues, M. Lavoine avait pris ses dispositions. Il annonça que les Vaillargues, mère et fils, habiteraient désormais à la Noisetière. Cette dépendance, proche de la grange, serait aménagée pour eux.

– Qui mieux que nous autres pourrait vous aider ?

Nous savons ce que nous vous devons, sans vous, qui sait si...

– François et moi, on ne sait trop quoi vous dire...

– L'aménagement de votre maison est déjà commencé. Ce n'est pas Versailles, mais ce sera chez vous. Vous prendrez vos repas avec nous, plus de soucis de ce côté-là. Je souhaite que les enfants s'entendent, sans chamailleries. Et puis, dès qu'il pourra, François nous prêtera la main, il y a toujours moyen de s'arranger.

– Je ne sais comment vous...

– Ce n'est rien, n'en parlons plus. M. Laborie a laissé cette enveloppe pour vous, les assurances ont juste payé une partie des frais d'hospitalisation, tenez.

– Ce sera pour l'avenir de François.

Ainsi, n'ayant aucune solution, les Vaillargues acceptèrent-ils de venir habiter à la Noisetière.

La Noisetière, quel joli nom ! Les haies qui l'entouraient ne comptaient que des noisetiers. On racontait qu'un jour, il y avait fort longtemps, un fermier planta des centaines de noisetiers pour ses petits-enfants et les écureuils. Il créa une noiseraie. Dans le langage des enfants cet endroit devint : la Noisetière et les lieux gardèrent fièrement ce nom. C'était une bâtisse ancienne, au toit de tuiles brun rouge avec un pan coupé sur un pignon et une grosse cheminée lourdement scellée à l'ensemble, sur des murs puissants aux pierres d'angle à peine dégrossies. Envahie de ronces et d'orties, elle servait de hangar aux récoltes de la ferme. Il fallait remettre en état le bâtiment abandonné depuis plus de dix ans.

Ce logis de fortune avait cependant un certain cachet et ce quelque chose de particulier propre aux chaumières de cartes postales. Elle semblait avoir été construite pour des gens heureux. La fenêtre et la porte du rez-de-chaussée avaient besoin d'être refaites. Le plancher débarrassé des vieilles poussières et lavé à grande eau se mit à respirer. La cheminée, obstruée par un vieux nid de frelons, fut rouverte. Un grenier s'ouvrait sur une fenêtre en chien assis. François avait décidé de s'en occuper. Déjà, il imaginait sa chambre. La vie allait revenir dans cette chaumière.

François prit le temps d'informer M. Canabex de son départ pour la Noisetière, à un kilomètre environ du Rouget. On eut quelques hésitations à mettre le mot Noisetière dans la boîte à mots... Une terre plantée de noisetiers est une noiseraie. Mais la « Noisetière » sonnait bien. Tous au Rouget connaissaient ce lieu-dit. Le mot fut glissé dans la boîte, catégorie : noms propres.

La petite maison fut rapidement transformée et quelques bonnes âmes aidèrent au déménagement. Justine Vaillargues allait de son lit à la table, parfois jusqu'à la fenêtre. Elle n'assurait aucune tâche, à l'exception de menus travaux qu'elle pouvait exécuter assise : écosser les petits pois, « équeuter » les haricots, éplucher les pommes de terre, raccommoder.

François Vaillargues supportait mal la cohabitation. Calixte et Amandine lui volaient son temps. À la ferme des Lavoine, le labeur allait bon train. Juillet : les foins sous le brûlant soleil ; août : les moissons, puis les battages, l'arrachage des pommes de terre, les labours et, surtout, les soins journaliers à donner aux bêtes.

Le jeune homme était pâtre d'un troupeau de vingt-cinq bêtes qu'on lui avait confié. Ce n'était pas son seul travail à la ferme ; Calixte et Amandine participaient également, mais dans un esprit différent. La compagnie de François leur facilitait la tâche. Il n'allait plus au bourg du Rouget, sauf à la messe, certains dimanches. Sa vie avait changé. Il ne lui restait plus qu'une année scolaire avant le certificat.

Amandine le regardait parfois étrangement. Ce garçon ne lui était pas indifférent. Elle avait confié à sa mère qu'il devait être bien malheureux dans sa solitude. François, de son côté, avait bien observé ces changements de comportement : des sourires, quelques attentions, et elle n'était plus maigre du tout, et ses seins se devinaient sous son chemisier.

François se souvient du jour où elle l'avait embrassé.

Justine Vaillargues alla mieux, mais se déplaçait toujours avec ses béquilles. Pourtant, François était inquiet. C'était comme si on avait enlevé à sa mère une part de sa vie, la part la plus importante.

Exceptionnellement, M. Lavoine, de retour d'une foire, donna quelques francs à François, une récompense bien méritée. Avec cet argent, il fit venir un rebouteux à la Noisetière pour tenter de guérir sa mère. L'accident étant trop ancien, le guérisseur affirma que ses dons ne pourraient apporter qu'une amélioration passagère. Il ne refusa pas d'être payé pour autant. Par la suite, d'autres charlatans furent conseillés, mais François n'avait pas de quoi les payer...

Les Vaillargues prenaient leurs repas chez les Lavoine. Parfois, les adolescents étaient pris d'un fou rire. Si Mme Lavoine le tolérait, l'autorité de son homme se manifestait bien vite : son front se plissait, ses yeux devenaient sévères. Tout rentrait alors dans l'ordre. Dans ces moments-là, François cherchait toujours, ne fût-ce qu'un quart de seconde, le regard tendre de sa mère.

Et ses quatorze ans arrivèrent avec l'été, sans le certificat d'études, l'instituteur ne l'ayant pas inscrit. Il resta donc chez les Lavoine : où aurait-il pu aller ? Sa mère, seule et handicapée, avait besoin de lui. Le destin en avait décidé ainsi.

Je ne méritais pas autre chose, pensait François dans son bar, je n'ai jamais voulu apprendre à l'école. Et pourtant tout m'intéressait, j'ai été plus têtu qu'un âne. Je le reconnais aujourd'hui... Pourquoi n'ai-je pas voulu travailler ? Je ne sais toujours pas. Mon père sans doute m'a manqué.

Une scène cocasse lui revient en mémoire et il se met à rire...

Avec les vacanciers en juillet et août, il y avait souvent des bagarres à cause des filles. Gérard, le fils du charcutier, avait une petite amie, Lilie, au village. Celui qu'on appelait : « Tétou », un Parisien pas très beau mais qui savait y faire, voulait sortir avec elle. Gérard et François remarquèrent, après enquête, que Lilie et Tétou se voyaient le soir, près d'une remise appartenant au boulanger. Les amoureux méprisables s'embrassaient pendant de longs moments. Gérard crevait de jalousie mais il était trop couard pour faire quoi que ce fût. Une nuit, les deux compères se glissèrent dans le grenier, juste derrière la lucarne qui surplombait l'emplacement choisi par « les visiteurs du soir ».

– On va leur pisser dessus, dit Gérard, elle comprendra.

– Tu es fou ?

– Si tu ne le fais pas, t'es plus mon copain...

– C'est dégueulasse !

– Ce qu'elle fait aussi, merde.

– On n'y arrivera pas, c'est juste en dessous, c'est pas commode.

– Essaie donc, attends, je commence d'abord.

Ce ne fut pas très concluant. Refermant leur braguette, ils furent surpris par l'arrivée de Lilie et Tétou. La souffrance de Gérard fut atroce. Obligé de rester sans se montrer... Le faisaient-ils exprès, en bas ?

– Je ne peux attendre plus longtemps, je vais lui casser la gueule maintenant.

– Ne sois pas bête, elle serait peut-être contente si tu le frappais. Attends demain, ce sera mieux.

François savait que Gérard était fort épris de Lilie ; il ne lui reprochait rien, mettant tout sur le compte de Tétou.

– La garce, elle ne m'en fait pas tant à moi. Tu vas voir demain, glissa-t-il à l'oreille de son ami.

Quand les amoureux décidèrent de mettre fin à leurs embrassades, Gérard avait soif de vengeance.

Le lendemain, tout était prêt. Un seau d'eau sale, auquel on avait ajouté un flacon de mercurochrome, attendait les fautifs. Cette fois, on n'allait pas laisser passer tout le film. Au premier baiser, les compères approchèrent le récipient de la lucarne et, dans un mouvement très étudié, renversèrent le seau. Des cris et des jurons jaillirent du rez-de-chaussée. Cette contre-attaque mit les tourtereaux en fuite. Gérard jubilait. Une course éperdue accompagnée d'injures.

– Ça lui apprendra à ce putain de Parisien !

– Et pour Lilie ?

– C'est surtout pour l'autre, tu comprends ?

– Oui, mais Lilie doit être toute rouge, ou au

moins rose, et tu sais ce truc, ça ne part pas tout seul !

– C'est bien fait pour elle, mais lui c'est un salaud.

Pourtant, deux jours plus tard, Gérard présenta ses excuses. Lilie, humiliée, l'envoya promener avec pertes et fracas.

Derrière le comptoir du Chemin des vents, François éclate de rire.

3

Les jours, les mois monotones passaient à la Noisetière. François assurait de son mieux la tâche chez les Lavoine, n'en demandant pas davantage. Il s'accommodait de cette existence rude.

Il aimait la culture plus que l'élevage, mais participait à l'un et à l'autre. M. Lavoine n'aurait pas accepté qu'il en fût autrement. Le travail allait grand train à la ferme. Pourtant, cet après-midi-là, il revint plus tôt à la Noisetière. La porte toujours ouverte était ce jour-là fermée. Bizarre ! Il approcha son visage des carreaux. Ce qu'il vit le paralysa. M. Lavoine et sa mère, là, sur la table... Les jupons relevés, les mains crispées, verrouillées sur les bords de la table. Elle subissait l'assaut de M. Lavoine qui, pour l'empêcher de hurler, lui appuyait une main sur sa bouche. Intuitivement, elle tourna son regard vers la fenêtre. Ses yeux rencontrèrent ceux de son fils.

François recula ; une décharge de fusil n'aurait pas causé plus de mal ; il restait là, incapable de réagir. Il ne savait que faire, désemparé. Sa mère ! La honte ! Le déshonneur ! Furieux, il pénétra dans la maison. M. Lavoine rajustait ses bretelles ; il le saisit par les épaules et, d'une force décuplée par la rage, le jeta dehors. L'autre roula dans la poussière et jura en se relevant.

Envahi par la honte et le chagrin, François disparut. Il ne rentra pas chez lui ce soir-là. Du petit bois où il s'était réfugié, il pouvait voir la fenêtre de sa maison qui resta éclairée toute la nuit. Ainsi M. Lavoine profitait d'une infirme, de sa mère. Cette pensée lui était insupportable, mais que faire ? Le tuer ? Il y pensa. Il y pensa plusieurs fois. Sa mère, comment la revoir ? S'il fuyait, il l'abandonnerait à cet homme.

Le lendemain, il ne sortit pas de sa cachette. Là-bas à Roquevie, tout était comme d'habitude. Il remarqua Amandine qui se rendait à la Noisetière avec quelque chose dans les mains. Certainement le repas, pensa-t-il, car les Vaillargues prenaient à nouveau leurs repas chez eux. Mme Vaillargues préférait se débrouiller seule, sauf certains jours où son état ne le lui permettait pas. Mme Lavoine l'aidait alors en lui apportant une partie du repas.

Le salaud, pensa-t-il, le salaud, mais j'aurai sa peau, je le tuerai, le père Lavoine.

La porte de sa maison ne s'ouvrit pas ce jour-là. À la tombée de la nuit, la lumière apparut derrière la petite fenêtre. Il attendit, attendit longtemps, mais vers minuit il se décida enfin. Ses pas hésitèrent un peu, puis gagnèrent rapidement la Noisetière.

Il poussa doucement la porte.

Sa mère l'attendait, assise sur une chaise. Il n'osait pas la regarder. Sur la table le repas auquel elle n'avait pas touché. Il repoussa la porte et s'y adossa.

– Je t'attends depuis hier soir, François.

Immobile, les yeux baissés, il se taisait.

– Tu as ce qu'il faut sur la table, mon fils. Pour le reste, je n'y suis pour rien. Lavoine est un sauvage et moi je suis souffrante. Ne me juge surtout pas, je suis une proie facile et ne peux me défendre.

Les sanglots nouaient sa gorge mais, courageuse, elle s'était exprimée simplement. Les larmes plein les yeux, il se jeta dans ses bras :

– Maman, ma pauvre maman, je le tuerai, je te le promets. Je le tuerai.

– Tu irais en prison mon fils et ça je ne le veux pas. Tu es ce que j'ai de plus cher au monde. Et puis, il y a Amandine, tu ne pourrais plus la regarder. Je suis une maman, et une maman qui devine tout... Je suis sûre qu'elle t'aime aussi.

– Mais maman, qu'allons-nous faire ?

– Je ne sais pas. Je ne sais pas.

À présent il se rappelle les mains de sa mère dans ses cheveux, signes désespérés d'amour et de tendresse.

– Tu vas manger et te coucher. Tu as dû avoir froid, j'avais laissé la lumière pour que tu reviennes plus tôt, mais je sais ce que tu ressens. Allez, mange un peu.

– Et toi, maman ?

– Je n'ai plus faim désormais.

Il resta longtemps agenouillé près de sa mère, la tête sur ses genoux. Chacun se réconforta dans la présence de l'autre. Puis enfin ils se séparèrent. François hésitait.

– Mon cher François, regarde ta maman, regarde-moi et dis-moi que tu m'aimes encore. Tu as dix-huit ans je sais, mais tu peux me le dire aujourd'hui, en me regardant dans les yeux, tendrement, j'en ai tant besoin.

Il entoura ses bras autour de son cou en lui disant de temps en temps : « Maman... » Puis il ajouta :

– Pardonne-moi de n'avoir rien pu faire, je n'ai pas su, j'étais bouleversé.

– Je sais, je sais.

À partir de ce jour, ayant promis à sa mère de ne rien tenter d'irréparable contre M. Lavoine, tout fut normal, du moins en apparence. Mais les regards ne se croisaient plus.

François se souvient d'une recommandation que lui avait adressée M. Lavoine, bien avant les derniers incidents dramatiques : « Ma fille n'est pas pour toi, au cas où tu aurais des vues sur elle... compris ? » Sans doute, François s'était-il trahi par quelque regard.

Amandine ne comprenait pas les silences du jeune homme. François était en plein dilemme. Désormais certain d'être amoureux d'Amandine, il haïssait le père de celle-ci.

Depuis le drame, Mme Vaillargues refusait de s'alimenter. Elle s'affaiblissait de jour en jour. Le médecin se rendit à son chevet et lui conseilla de se ressaisir. Il recommanda à François de bien la surveiller et de la convaincre de manger. Mais rien n'y fit. Mme Lavoine et Amandine s'inquiétaient aussi, sans comprendre. Pâle, maigrissant à vue d'œil, Justine Vaillargues semblait s'éloigner de la vie sans rien dire, sans se plaindre.

Un matin, dans la grange, François se mit en travers du passage de son patron et lui lança au visage :

– Vous avez tué ma mère.

Puis son poing atteignit violemment la mâchoire de M. Lavoine qui tomba à la renverse.

– Ne recommence jamais, sinon les gendarmes t'emmèneront pour le trou, ne recommence jamais ! dit Lavoine en se relevant. Ta mère est une...

François s'était approché tout près de lui, ignorant la menace, et le fixait dans les yeux. L'instant lui parut interminable. M. Lavoine se tut et détourna le regard. Amandine apparut en contre-jour. Avait-elle entendu ?

Son père la bouscula et sortit. François, surpris par sa présence, la regardait, ne sachant que lui dire.

– Que se passe-t-il ? demanda Amandine.

– Questionne ton père, il sait lui !

– Mon père ? Quoi, mon père ? Tu es si bizarre depuis quelque temps, je sais que ta mère ne va pas très bien, mais je ne t'ai rien fait pour que tu me toises comme tu le fais.

À cet instant, il l'observa davantage malgré sa colère. Elle avait dix-huit ans comme lui et elle était resplendissante ! Il devinait, à travers une chemise d'homme mal boutonnée, des seins troublants.

Cheveux mi-longs, blonds et légèrement frisés, elle était belle comme un soleil !

Il se tenait là, prêt à n'importe quelle folie, consumé par le chagrin et envoûté par l'amour qu'il vouait à cette fille. Il voulait faire mal, tuer peut-être l'homme qui avait « profané » le corps de sa mère.

– Si, tu m'as fait quelque chose. Pour qui vous prenez-vous, les Lavoine ? Ce n'est plus le Moyen Âge !

Elle l'empêcha de sortir.

– Peux-tu me dire enfin ce qui se passe, mon père avait l'air furieux.

– Ton père, un jour, je vais le tuer, tu m'entends, le tuer !

Elle fit un pas en arrière, stupéfaite, et jugea bon de le laisser passer, sans rien dire.

Les jours suivants, l'état de Justine s'aggrava. Elle ne consommait qu'un verre d'eau ou deux par jour et ne quittait plus son lit.

– Docteur, ma mère est au plus mal.

– Votre mère ne veut plus s'alimenter. Je voulais l'hospitaliser, mais elle s'y oppose farouchement.

– Elle ne pourra pas vivre longtemps ainsi.

– C'est certain, elle m'a signé une décharge.

François, anéanti, ne savait ni que dire ni que faire. Le soir même, Justine se confia à son fils. Esquissant un sourire, elle lui dit :

– Mon fils, il faut que tu saches, pour ton père... C'est un homme extraordinaire, mais il est comme le vent, inaccessible. On s'est aimés à la folie et tu es né. Votre regard à tous deux est le même. Je n'ai aimé que lui au monde, lui et toi, mon cher fils. Tu es le fils du vent. Je l'appelais : le courant d'air et lui pardonnais tout. Mais rassure-toi, c'est un homme bien. Dans une boîte, dans le bas de l'armoire, il y a des sabots ; c'est un cadeau que je lui réservais pour... je n'ai pas autre chose qui me rappelle son souvenir à part toi.

François ne voulait pas interrompre cette révélation tant attendue. Mais l'espoir d'un nom lui torturait l'esprit.

– Maman, maman, peux-tu me dire son nom ? Maman, m'entends-tu ? Maman ?

Épuisée, elle tenta de répondre, mais aucun son ne sortit de sa bouche. Elle ferma les yeux, serra légèrement les mains de son enfant, d'une étreinte douce et fuyante, qui s'amenuisa au fil des secondes.

Elle sombra dans un coma profond et mourut le

surlendemain. Elle avait emporté son secret. François ne saurait jamais la vérité sur sa naissance.

Les obsèques furent inhabituelles. Plutôt que de voir des personnes défiler et partager son chagrin, François avait souhaité se rendre seul au cimetière. Pourtant, lorsque le cercueil sortit de l'église, tout le monde était là. Les Lavoine, les Broussotte, le père Canabex et tous les autres. Les jeunes, ses camarades, garçons et filles, se regroupèrent derrière lui. Quand le cortège funèbre s'ébranla, une jeune silhouette vint se placer tout contre François. Elle glissa son bras sous le sien et chercha sa main. C'était Amandine. Derrière, un homme s'arrêta net, regarda la foule passer et resta seul sur le chemin. C'était Edouard Lavoine.

Amandine ne quitta pas François. Elle entendit, blottie contre lui, les derniers mots du curé. M. Canabex prit François dans ses bras et l'étreignit de toute son affection. Mme Lavoine ne s'offusqua pas de l'attitude de sa fille, plutôt fière de son courage. La foule se retira lentement. François dit à Amandine :

– À demain veux-tu ? Je veux te voir demain !

– Oui, c'est d'accord, François.

Le lendemain de l'inhumation, François refusa toute invitation des voisins à déjeuner. Enfermé dans sa maison, il était rongé par des idées malsaines.

Il se rendit chez le curé, le fossoyeur et le menuisier qui ne lui prirent que peu d'argent, sachant que la trésorerie des Vaillargues était fort mince. De gros nuages chargés de plomb firent venir la nuit. Il regroupa ses vêtements dans une toile et sa seconde paire de chaussures. N'ayant pas de valise plus commode, il fit un baluchon de l'ensemble, sans oublier le couteau attaché à sa ceinture, cadeau de sa mère.

On ne parlait pas ou très peu chez les Lavoine. Amandine, qui n'avait pas pu trouver François de la journée, lorgnait discrètement vers la Noisetière.

Un orage éclata soudain, d'une violence inouïe. Les éclairs zébrèrent le ciel. Le tonnerre se manifesta tantôt en d'étranges roulements, tantôt en des coups secs et violents. Le père Lavoine et son fils avaient rejoint leurs chambres, tandis qu'Amandine et sa mère s'attardaient dans la pièce principale.

– Ça va faire du vilain cette nuit, dit Marthe.

Amandine, soucieuse, ne répondit pas.

– Qu'est-ce que tu traînes comme ça, ma pauvre fille ? Ne pense pas trop à ton François, laisse faire.

– Mais, maman...

– Ne dis rien, ma fille. Je sais bien que tu l'aimes, et depuis longtemps ; tu es fière, toi aussi, comme ton père. François n'a pas grand bien à te donner, il en souffre et ça le rend maladroit. Il me plaît bien, ce Vaillargues.

Amandine ne dit mot. En principe, les mères ne sont pas si prévenantes avec leurs filles. Elles les mettent en garde quand elles s'aperçoivent que les garçons commencent à les regarder. Mais Marthe Lavoine n'avait rien dit à sa fille. Voulait-elle se venger de quelque chose ?...

La tempête continuait, avec ses illuminations subites, ses déchirements. Tout ruisselait de pluie, luisait sous les éclairs, et Amandine, toujours dans l'attente, se pencha une fois de plus vers la fenêtre.

– Maman, la grange brûle, la grange brûle, la foudre est tombée sur la grange !

La mère s'approcha aussi.

– Mon Dieu, les bêtes. Edouard ! Edouard ! Le feu à la grange, vite au secours.

Il s'ensuivit une bousculade. Edouard, Calixte, Marthe et Amandine se précipitèrent dehors. La Noisetière brûlait aussi. De hautes flammes sortaient des fenêtres et mangeaient la toiture.

– Les bêtes, cria Lavoine, il faut détacher les bêtes d'abord.

Il prit aussi vite qu'il put une lampe à pétrole. Les femmes, paralysées, ne savaient que faire, courir vers la grange ou vers la Noisetière. Le tonnerre craquait dans le ciel. Edouard se précipita vers la porte des étables pour tenter de libérer le troupeau. Marthe s'avança vers le feu. Lorsqu'il poussa les portes, la fumée s'échappa et le falot disparut dans l'obscurité fumante.

Amandine, immobile, haletante, regardait la Noisetière. Soudain, une main la saisit et la tira vers une zone d'ombre.

– François, tu es fou !

– Oui. Suis-moi, viens.

Marthe hurlait :

– Les pompiers, appelez les pompiers !

Edouard, furieux, sortit alors et jeta violemment la lanterne contre le mur.

– Y a pas de bêtes là-dessous !

– Comment ? Y a pas les vaches ? Qu'est-ce qui se passe, tu es fou ?

– C'est pas moi qui suis fou, les bêtes n'y sont plus, nom de Dieu, je n'y comprends rien, et l'autre maison qui flambe, putain de Dieu, putain de Dieu !

Ils juraient tous de la même façon au village.

– Va voir s'il n'y a pas François.

– La porte est ouverte, c'est qu'il est parti. Je comprends, c'est lui ce petit salopard qui a...

– C'est pas possible, dit Marthe.

– Et comment tu expliques deux feux en même temps ?

– C'est la foudre, on a déjà vu ça ailleurs, et les bêtes ?

– Fous-moi la paix !

Les Broussotte arrivèrent. Une pluie diluvienne continua de s'abattre sur ce bout de pays, combattant l'emprise des flammes, ce qui sauva en partie les bâtiments dont les toitures commençaient à s'écrouler par endroits. Ce ne fut plus que fumée et odeur de brûlé.

Delphin posa des questions sur le troupeau et Edouard lui dit qu'il avait eu le temps de l'évacuer des étables.

– Comme ça, tu as eu le temps de les détacher toutes ? C'est bizarre non ? dit Delphin à son voisin.

– Je l'ai fait, d'accord ? lança Edouard, avec un regard plus que menaçant.

– J'ai compris, tu as eu de la chance. Tu devrais leur cramer un peu le poil à tes vaches, au cas où l'on te poserait des questions embarrassantes...

Delphin n'était pas dupe. Marthe non plus.

Edouard et Delphin partirent à la recherche des bêtes. Le ciel s'était vidé en cataractes fortes et bruyantes. Ils entendirent des meuglements et les vaches apparurent. Une odeur âcre traînait sur la Noisetière et Roquevie.

Les femmes, à l'abri, parlaient de catastrophe, et, dans la panique, n'avaient pas remarqué la disparition d'Amandine.

– Où est la petite ? cria Edouard.

– À la maison, sans doute. Calixte, t'as pas vu ta sœur ? Va la chercher !

Après avoir parqué le cheptel, heureux qu'il soit au complet, tous se mirent à la recherche d'Amandine. On jurait, Marthe pleurait, les Broussotte, inquiets, chuchotaient, et Calixte avait un peu peur dans la nuit.

– Pourquoi il n'est pas là François, dis maman ?

– Tu sais avec tout ce chagrin, il a préféré rester chez quelqu'un.

– Mais sa maison a brûlé.

– On ne l'a pas vu aujourd'hui.

– Je l'ai vu ce matin, maman, il rangeait des affaires. François ? François ? hurlait Calixte.

– Plus rien à faire, y a plus rien à faire, putain de Dieu !

Edouard pestait contre ciel et terre, et sans doute contre François.

– Tu vois pas qu'il soit resté dans sa maison, dit Marthe.

– J'y suis allé, personne, et tout est noir, brûlé. Il va me le payer si c'est lui.

Marthe le fixa si intensément qu'il baissa les yeux.

– Le bon Dieu se venge, dit-elle.

On entendit son mari marmonner.

– Alors, cette fille ? Elle vient, oui ou non ?

Dans sa colère, Edouard envisagea tous les scénarios possibles. Ces deux-là, après la honte du cimetière, l'outrage subi devant toute l'assistance, étaient bien capables de...

On fouilla la maison de la cave au grenier. Il fallut se rendre à l'évidence, Amandine avait disparu.

– Putain de putain de Dieu, hurlait Edouard, je vais l'attendre jusqu'au matin s'il le faut, fais-moi donc du café fort !

Puis, comme l'orage, la tension retomba.

François avait emmené Amandine à l'écart, presque brutalement. L'ayant saisie par les épaules, s'approchant tout près, il lui dit :

– Amandine, je m'en vais, mais avant je veux te parler...

– Ta maison brûle François, ta maison...

– C'est la vôtre, je n'ai plus rien ici, sauf... on peut parler ?

Elle jeta un regard sur ce décor en feu, puis saisit la main de François. Ils s'enfuirent dans la nuit. Le tonnerre craquait et la terre tremblait. Pourquoi François avait-il choisi cette grange ? Sans doute parce que nul ne penserait à les chercher ici.

À la lueur de la flamme d'un briquet, il guidait Amandine. Il cherchait l'endroit où il avait déposé son modeste baluchon.

– Là, lui dit-il, tu vois mon bagage est prêt. Même ma cape de berger, je ne m'en séparerai jamais.

Elle ne disait mot. Il déploya sa cape et la jeta sur le foin. Puis il la pria de s'asseoir près de lui.

– Éteins ton briquet, lui dit-elle.

À partir de cet instant, leurs mains s'étreignirent, leurs corps se rapprochèrent. Leurs lèvres s'épousèrent, doucement l'odeur du foin les enivra. Des « je t'aime » éclatèrent. Ils brûlaient sous les caresses malhabiles. Dehors, la pluie, l'orage, le feu ! Dans cet abri de fortune, ils s'offrirent l'un à l'autre. Ils recréèrent un monde, à la folie. Le temps ne se mesurait plus.

L'orage cessa enfin. Ils s'enroulèrent dans la cape, nus et silencieux.

– Mon amour, lui dit-elle enfin, peut-être ai-je été maladroite, mais... je suis si heureuse, je te suivrai jusqu'au bout du monde.

– Il faut que je te dise. Le bout du monde, ce peut être aussi un regret, on ne peut y aller avec un billet basé sur le mensonge, alors écoute-moi...

L'orage s'apaisait, le bruit du tonnerre s'éloigna et une pluie sage s'installa sur le hameau. Des bruits de conversation, de pas, de portes se firent entendre. François parla de sa souffrance, de son manque de chance depuis que sa mère avait sauvé son frère. Il dit aussi à Amandine qu'il l'aimait depuis longtemps, elle qui n'avait jamais répondu à son attente. Jusqu'au jour de l'enterrement de sa mère...

Après un long silence, François avoua qu'il avait incendié la grange et la maison. Elle ne bougea pas, attendit d'apprendre les raisons de son geste.

– Ma mère...

Il alla jusqu'au bout de la vérité. Il serra peut-être un peu plus fort Amandine pour qu'elle ne s'enfuie pas. Il sentit battre son cœur. Au bout de quelques secondes, elle lui dit :

– Je suis très fière de toi. Voilà ce que j'attendais, ce courage, car il t'en a fallu du courage, c'est ce que je voulais. Je t'aime à la folie, tu n'es plus seul !

– Amandine, je voudrais que tu sois ma femme... On se mariera plus tard, si tu le veux.

– Oui, dit-elle.

Avant que le jour ne levât le voile sur le décor brûlé, Amandine se glissa furtivement chez elle. Son père et son frère s'étaient assoupis dans leurs chambres, sa mère attendait. À la vue de sa fille, Marthe comprit instantanément... Amandine lui demanda par un signe de ne pas signaler sa présence. Dans sa chambre, elle choisit quelques affaires qu'elle fourra dans une valise et descendit.

Entre-temps, son père avait rejoint sa mère. Amandine apparut, bagage à la main. Le père et la fille se figèrent dans un face-à-face intense, puis Amandine embrassa sa mère et sortit. Le père et la mère la suivirent, s'immobilisèrent sur le perron. Plus loin, François se tenait bien droit, son baluchon auprès de lui. Les explications étaient inutiles. Amandine prit la main de François, puis une dernière fois se dirigea vers sa mère. Son père la repoussa.

– C'est inutile, ma fille ! et, s'adressant à François :

– De mon vivant, tu n'entreras plus dans cette maison !

Amandine et François jetèrent un dernier regard

vers les bâtiments noircis. Puis ils détournèrent la tête et partirent, dans la brume légère qui emplissait le bas du vallon. Ils ne virent pas Delphin et Julia derrière leur fenêtre.

4

Paris accueillit durement les deux fuyards. Ils furent d'abord plongeurs puis François devint garçon de café.

Amandine, choyée par un mari débordant d'amour et de tendresse, attendit un enfant. Pas un signe de Roquevie. François travaillait beaucoup. Lorsque Guillaume vint au monde, ce fut l'émerveillement. François s'investit plus encore dans son travail. Les obligations militaires ? Reconnu comme soutien de famille, il fut libéré après son mariage célébré en toute hâte.

Tous deux travaillèrent si dur qu'ils devinrent gérants appointés, puis gérants libres. Sept jours sur sept à l'ouvrage, l'argent tombait dans leur escarcelle. Le travail, sans qu'ils s'en rendent compte, mangeait leur bonheur et leur jeunesse. Une vengeance sur le passé, se plaisaient-ils à dire de leur réussite matérielle.

Les Vaillargues décidèrent de prendre à leur compte un petit bistrot. Ils le baptisèrent le « Chemin des vents ». Rien ne compta désormais plus que leur café. Puis la rénovation du quartier apporta au commerce une vigueur imprévue. Le Chemin des vents devint une belle affaire. Le petit Guillaume grandit sans jamais manquer de rien. Il avait étudié à l'École normale et était devenu instituteur. Ses parents portaient des vêtements de marque, lui traînait en jeans et baskets.

On avait tiré un grand trait sur le passé et la Noisetière. On n'en parlait pas devant Guillaume. Il passait ses vacances en Angleterre et finit par avoir une amie anglaise.

François et Amandine, après vingt ans de travail acharné, possédaient un superbe capital. Un modeste appartement au-dessus du café, agencé et meublé avec goût, facilitait leur présence au bistrot. Tout allait bien en apparence. Car il y avait le regret que Guillaume ne veuille pas prendre leur suite.

Les clients lorgnaient Amandine. Parfois des mots, des propositions indécentes fusaient. Cela mettait Guillaume mal à l'aise, le blessait. Elle le rassurait de son mieux.

– Je ne les entends pas, c'est comme merci, s'il vous plaît, bonjour, salut, ça n'a aucune importance. Dans notre commerce, c'est inévitable...

– Tu es trop belle maman ! C'est tout.

– Désolée que tu aies une maman pas trop vilaine. Ton père ne s'en plaint pas, lui.

– Dis-moi, ta maman te ressemblait-elle à ton âge ?

– Ta grand-mère ne se préoccupait pas de ses toilettes, mon père n'aurait pas aimé. Le travail, le travail, il n'y avait que ce mot qui comptait. Mais je crois qu'elle me ressemblait quand elle était jeune.

Guillaume n'osait aller plus loin. Il savait que la famille Lavoine, là-bas, en Auvergne, était en désaccord avec la sienne. Il ne fallait pas en parler. Cependant, depuis deux ans, depuis le décès d'Edouard Lavoine, François et Amandine avaient reparlé de ce passé. Leur réussite à Paris était incontestable, mais au fond de leur cœur, une fêlure demeurait. On ne peut faire table rase du passé, ce qui est vécu est vécu. Il manquait à leur bonheur le fait de ne pas pouvoir parler à leur fils de la période délicate qui avait brutalement causé leur fuite.

Insidieusement, la Noisetière revenait cependant dans les esprits. Tout doucement, sans violence ni passion, elle réapparaissait en ses contours douloureux. Vingt ans déjà... L'amertume s'effaçant, les souvenirs devenaient plus agréables.

Depuis un an, François avait des ennuis de santé qui l'affaiblissaient. Le médecin de famille demandait tous les examens nécessaires, mais rien de particulier n'était décelé.

– Vous travaillez trop, monsieur Vaillargues, levez le pied, on ne vit qu'une fois.

– Je n'ai pas l'habitude de ne rien faire. Chez les Vaillargues, on se doit au travail.

– Après vous, d'autres le feront. Vous avez une épouse qui veille sur vous, prenez des vacances, de vrais congés, et surveillez-vous...

– C'est grave à ce point docteur ?

– Pour l'instant, je ne vois que de la fatigue, rien d'inquiétant, mais à vous de jouer maintenant.

Amandine ne fut pas satisfaite de ce diagnostic. Elle prit rendez-vous chez le médecin quelques jours plus tard. D'autres examens furent faits.

– Madame Vaillargues, votre mari a un cœur qui fatigue... Je ne le lui ai pas encore dit... Il faut absolument qu'il ralentisse son activité, ce sera très dur pour lui à vivre !

Amandine prit la nouvelle de plein fouet.

– Sachez, madame Vaillargues, qu'on peut vivre très longtemps, même avec un handicap sérieux.

– Que puis-je faire ?

– Lui rendre la vie le plus agréable possible, éliminer toutes situations qui le fatigueraient. Gardez l'espoir de guérison.

– Il faut que je vous dise, docteur... Mon mari va devoir affronter de nouvelles épreuves. Je n'ai pas l'habitude de raconter ma vie. Vous savez, nous les Auvergnats, on n'aime pas ébruiter les affaires de famille ! Mais, je serai franche à mon tour. Voilà, il y a vingt ans de cela, mon mari et moi vivions dans un petit village, au cœur du Cantal. Suite à une violente dispute, nous avons décidé de fuir. Mon père, qui est mort il y a deux ans, avait juré de ne plus nous ouvrir sa porte. Pourtant, il y a quelques jours, mon mari a reçu un étrange coup de téléphone, à la suite de quoi il a décidé de retourner au pays. La déchirure a été très douloureuse et je crains pour sa santé.

– Madame, c'est à trop travailler que votre mari s'est rendu malade. Ce changement d'air lui fera le plus grand bien. Partez tous les deux, retrouvez-vous. Et puis, je suis certain que vous aussi, vous avez besoin de vacances ! Je vous trouve une petite mine depuis quelque temps.

5

Le soleil de juillet brûlait la campagne auvergnate. Le train roulait péniblement. Accrochée à la haute paroi rocheuse qui domine les vallées grandioses, la ligne Clermont-Ferrand-Aurillac se faufile entre les sapins du Lioran et conduit les voyageurs à Aurillac. De là, après quelques changements la micheline rouge et jaune descend jusqu'à Capdenac. François Vaillargues regardait défiler le paysage, redécouvrant le pays qu'il avait quitté depuis fort longtemps.

Son cœur et son âme s'imprégnaient tout doucement de ces sensations fortes et étranges qui vous prennent dès que l'on approche des lieux de son passé.

La présence de son épouse Amandine au café étant indispensable, c'est donc seul qu'il revenait au pays.

Plus de vingt ans déjà, pensait-il, une génération !

Le paysage devenait petit à petit familier. Le train s'arrêta. Ses pas hésitants écrasèrent le gravier du quai. Deux ou trois voyageurs descendirent en même temps que lui, des habitués sans doute, moins oppressés que le Parisien. Autrefois grouillante de mouvements incessants, la gare rougétoise paraissait aujourd'hui bien silencieuse. Ce n'était plus le lieu plein de vie de son enfance où les wagons stationnaient pour décharger du charbon, des matériaux de construction et pour embarquer le bois pour les papeteries, les traverses pour la SNCF, les produits alimentaires et tant d'autres marchandises. L'endroit, devenu presque silencieux, n'était dérangé que par quelques passages de trains inoccupés.

Vêtu d'un ensemble léger façon lin, chaussé élégamment, il se dirigeait vers la sortie tandis que le train s'éloignait lentement.

– Je n'aurais pas dû m'habiller comme ça, j'ai l'air de quoi ici ?

Il enleva sa veste et la jeta sur son épaule avec désinvolture. François Vaillargues observait les alentours de la voie ferrée. Autrefois il avait joué dans ces taillis, sous le vieux pont, dans cet endroit défendu peuplé d'escargots qui vadrouillaient par temps de pluie. Aujourd'hui, un nouveau pont, plus large, vous emmenait directement sur la place et cachait l'ancienne école. On en apercevait le portail de fer, dont les deux battants ne grincent plus sur leurs gongs rouillés, fixés aux piliers de pierres taillées dans le granit du pays.

Au sommet de la petite côte, l'Hôtel des Voyageurs attendait ses hôtes. L'immeuble avait bien changé, pensa François. L'hôtel avait doublé ou triplé sa capacité d'accueil sans modifier pourtant l'aspect de sa façade. Le visiteur observa lentement. Il retrouvait des odeurs, des lumières et des images qu'il croyait disparues.

Quand il entra dans l'établissement, il fut surpris de découvrir un intérieur superbe, moderne à lui couper le souffle. Même à Paris, rares sont les commerces qui atteignent cette qualité, se dit-il. Un hall d'accueil, à gauche la salle avec le bar, et à droite une salle à manger laissant entrevoir d'autres salles aux tables recouvertes de nappes, prêtes à recevoir noces et banquets. La renommée de l'Hôtel des Voyageurs du Rouget était faite depuis longtemps, le maître des lieux savait accueillir et honorer sa clientèle, chaleureusement.

François avait réservé une chambre pour quelques jours. Il s'adressa à l'aubergiste, donna le numéro de sa réservation et, sans autres formalités, s'installa dans sa chambre. L'hôtelier, vêtu de l'éternel gilet de sa profession l'avait-il reconnu ? À l'évidence, ses mouvements étaient moins vifs et l'on devinait sans peine qu'il avait forci, mais toujours ce sourire charmeur que l'on devinait sous sa moustache.

Après avoir déposé sa valise et ôté ses chaussures, François s'allongea tout habillé sur le dessus-de-lit de satin abricot.

– Ça fait si longtemps, si longtemps...

Les mains croisées et glissées sous sa tête, il scruta la tapisserie, observa l'armoire, devina la salle de bains dont la porte était entrouverte.

– Qu'est-ce que je fais ici ?

Puis les motifs de la tapisserie se mirent à danser. Le voyage, la chaleur et peut-être l'inquiétude avaient consumé le voyageur. Il décrocha le téléphone et, prétextant une fatigue passagère, décommanda le souper.

Il ferma les yeux et il pensa à son enfance. Dans le silence de la pièce, les couleurs, les odeurs et les visages réapparurent.

En ouvrant les yeux, il consulta sa montre. Il jugea bon de prévenir son épouse de son arrivée, comme il l'avait promis avant son départ.

Amandine lui précisa, entre autres, la recette de la journée. Paris avait soif par ces temps chauds, que demander de mieux ?

– Te trouves-tu bien à l'Hôtel des Voyageurs ? demanda-t-elle.

– C'est magnifique, tu ne peux imaginer le confort de cette maison, le luxe, j'ose le dire.

– Tu t'es fait connaître ?

– Non, mais tu sais, le patron m'a accueilli comme il le fait avec tous ses clients ; il est resté discret, nous verrons demain. Pour l'instant, je suis dans mes pensées, ça me tracasse. Je ne vais pas dîner, je me demande ce que je fais ici, en somme.

– Si tu t'ennuies, tu rentres. Ne te fais donc pas de souci.

– Demain, j'irai par là-haut. Je t'embrasse Amandine, pas de nouvelles de Guillaume ?

– Non, mais tu sais bien comment il est !

– Oui, je sais, c'était juste pour parler.

– À bientôt, François.

Ses cheveux poivre et sel lui donnaient plus que son âge et, sur son visage, le temps avait laissé bien des traces. Ses paupières devinrent trop lourdes et le sommeil le gagna pour de bon...

Le jour se leva sur la cité cantalienne et François se réveilla, embrumé des pensées de la veille. La fenêtre ouverte lui offrait la vue du village de son enfance et de sa jeunesse, où le mal et la souffrance avaient été si forts qu'ils l'avaient empêché de revenir. Sans ce coup de téléphone...

Vêtu d'une chemisette en madras et d'un pantalon de jean, chaussé de baskets, il prit le petit déjeuner dans la salle avec quelques touristes. Il s'imprégnait des sensations qu'il voulait retrouver : le pain de campagne, beurre et confiture d'Auvergne. Plus tard, en se promenant, il chercha des repères. Le petit chemin le long de la voie ferrée avait disparu, remplacé par une route goudronnée, qui conduisait à un groupe de nouvelles maisons.

– Autrefois, on pouvait à peine y passer à pied

dans ces prairies humides... et maintenant toutes ces constructions !

La commune avait bien changé ; il y avait désormais une salle polyvalente, de nouvelles rues. Les arbres immenses dissimulaient une piscine, pour les estivants sans doute. En revanche vers le terrain de sports, tout avait vieilli. Le neuf et l'ancien se côtoyaient. Il quitta le quartier de La Bessade, bifurqua sur la gauche, puis sur la droite et, d'un bon pas, emprunta le chemin longeant le ruisseau.

La fraîcheur, conservée par les hêtres immenses, lui procura une sensation rassurante. Le plan d'eau et les quelques brumes paresseuses qui glissaient encore sur le lac ajoutèrent du mystère. Perplexe, il ne put prendre le raccourci qu'il avait connu autrefois, et se contenta d'arpenter le chemin qui le mènerait, espérait-il, à bon port.

– Mes sentiers, mes passages secrets, mes ronciers aux fleurs blanches et mauves et mes fruits si délicieux, mon ruisselet et ses libellules bleutées, dorées, disparus !

Mais plus loin, il lui sembla reconnaître les cultures de maïs, de blé et les chants des oiseaux. Ici, l'ombre des arbres cachait les broussailles, et là, le vieux cerisier n'avait pas survécu. Des barbelés tendus empêchaient les passages. Quand le chemin se divisa en deux, il chercha la croix de fer fichée dans son socle de pierre. Elle n'avait pas bougé, discrète et insensible aux misères des gens. Les arbres qui l'entouraient avaient tellement grandi qu'on avait dû les élaguer. Puis le hameau de Roquevie apparut. Le cœur de François se serra.

– Mais qu'est-ce que je fais ici ?

Quelques vieux châtaigniers à la tête blonde exhalaient l'odeur si particulière de leurs fleurs originales. Les chatons accueillirent le visiteur le long de murs affaissés par des écroulements successifs, redressés tant bien que mal au fil des saisons, et toujours debout.

La première maison, une bâtisse de caractère, restaurée, semblait attendre ses habitants. L'herbe avait envahi la cour. Des gens qui ne viennent pas souvent, pensa-t-il. Un bruit de pierres que l'on renverse, une brouette, un homme, un vieil homme. François avança lentement vers la ferme des Broussotte. L'homme continuait sa besogne. Le chant des oiseaux s'échappant comme par enchantement de ces volumes de verdure rompit le silence.

L'homme au travail devina la présence d'un intrus et leva le visage. Sous un béret aplati, décoloré et aux reflets violacés, ses yeux perçants questionnèrent l'étranger. François connaissait cet homme, même si ses cheveux et sa barbe mal rasée étaient devenus blancs.

L'homme hésita. Boudiné dans deux tricots trop étroits, un pantalon gris de coton rayé, si vieux qu'on pouvait se demander où il les trouvait encore, chaussé de bottes terreuses, il scruta le visiteur sans lâcher les bras de sa brouette qu'il venait de vider au milieu du passage.

– Vous cherchez quelqu'un ? se décida-t-il à demander.

– Je me promène, mais vous êtes monsieur Broussotte ?

L'homme posa enfin sa brouette, s'essuya le front en soulevant son béret.

– Hé oui ! c'est moi, répondit-il en faisant mine de reprendre son travail, tout en ne quittant pas François des yeux.

Ce dernier s'approcha de lui.

– Toujours pas de chien avec vous ?

– Il y en a assez chez les autres, mais comment vous savez ça ?

François sourit car il retrouvait l'homme qui prononçait les *r* d'une manière rocailleuse, sans équivalent à sa connaissance.

– Vous êtes d'ici ? Approchez un peu. Tu serais pas le petit Vaillargues par hasard ?

– Je crois bien que vous avez deviné.

– Ça fait longtemps que tu nous as quittés, pas vrai ?

François fit oui d'un signe de la tête.

– Tu as changé, comme tout le monde, mais tu as un regard qui ne s'oublie pas, celui de ta pauvre mère.

– Je vous ai reconnu tout de suite, monsieur Broussotte, mais que faites-vous là ?

– Je fais toujours quelque chose, je n'ai plus le temps de ne rien faire... et puis, je contente la Julia, tu te rappelles ma Julia ? Bon, elle me regarde et me surveille en même temps, tu sais comme elle est...

– Bien sûr !

– Elle sera surprise, mais faut lui parler fort à l'oreille. En attendant, viens par là, on va boire un coup, suis-moi. Putain ! que je suis content ! Quand on ne s'y attend pas, on est toujours plus content, depuis le temps.

Tous deux prirent la direction de la cave par une petite porte en contrebas. Quatre marches de pierres usées et déséquilibrées les obligeaient à se pencher pour entrer.

– Ici, tu comprends, la Julia ne vient jamais et ne compte pas les verres. C'est au frais. Tiens, assieds-toi là.

François s'exécuta, presque prisonnier de son hôte. La cave au sol de terre battue recelait bien des choses, en plus de deux tonneaux de vin. Des caisses, des bouteilles, un vieux vélo, des roues de brouette et une réserve de pommes de terre. Le tout baignait dans la poussière et le chef-d'œuvre d'araignées. Le robinet du tonneau émit son bruit habituel, serrage de bois contre bois, un merveilleux bruit, avec celui de la bouteille qui se remplit, du grave vers l'aigu.

– Tiens, prends un verre, il y a ce qu'il faut ici. Alors à la nôtre ! Putain, que je suis content ! J'avais peur de ne plus te revoir, tu sais. Je suis comme ça. Je ne pensais pas à toi tous les jours, ce ne serait pas juste de le dire, mais la Julia et moi, on en parlait souvent, surtout au début, et depuis quelque temps aussi. Tiens, serre-moi la main, je ne t'ai même pas dit bonjour.

Le geste débordait d'émotion. Ce fut le premier à lui dire bonjour au pays.

– Mais tu es tout seul ?

– Oui, mais demain, ou après-demain, Amandine viendra me rejoindre.

– Tu as bien un fils ?

– Oui, Guillaume, un grand garçon très gentil.

– Ça ne m'étonne pas, il doit ressembler à ses parents. Tu as bien de la chance, un garçon en plus, j'en aurais tant besoin, j'aurais tant voulu. Un enfant vous change la vie ; pour la Julia aussi ça aurait tout changé. Ça ne l'a pas arrangée de ne pas en avoir, il paraît que c'est de ma faute... Maintenant c'est oublié, mais quand nous étions jeunes, on a eu des histoires. Et qu'est-ce qu'il fait ton Guillaume ?

– Il est instituteur. On voulait bien lui faire un petit frère, mais le travail, toujours ce boulot ! Vous savez, il y avait à faire pour qu'on s'en sorte tous les deux...

– Quand le temps est passé, il est passé. Tu as

dû travailler dur, on le voit bien à ta mine de Parisien.

– Ce n'est rien.

– L'air du pays va te requinquer. Tu verras, ici on a de l'air plus qu'il n'en faut ! Tu amèneras ta femme ? Je compte sur toi, et puis la Julia sera contente...

Après un court instant :

– Ça fait soixante ans que la Julia me supporte, dit-il avec une pointe de malice. Tu sais, c'est dans cette cave que je l'ai embrassée pour la première fois, et maintenant elle ne veut plus descendre, et pourtant elle n'a plus rien à craindre.

Ils éclatèrent de rire. Puis Broussotte raconta comment il avait arrêté l'exploitation de sa ferme et vendu son cheptel. N'ayant pas de neveux ou nièces intéressés, il louait des terres à d'autres agriculteurs.

– Tu comprends, ici, c'est chez nous, où veux-tu aller ? En maison de retraite ? Jamais ! On demeurera jusqu'au bout, tant qu'on pourra se suffire, comme on dit.

– Vous avez toujours des ruches, monsieur Broussotte ?

– Oh oui, j'en ai plus de quarante, mais tu te souviens de tout ! Je vends le miel et je me fais quelques sous et puis, tu sais, c'est une compagnie extraordinaire. Je les change de place, des fois sous les tilleuls du bas, sous les acacias, c'est bon pour le miel. Mes pensionnaires vont par les bruyères des petites landes, elles ont de la place, comme tu vois. T'as pas ça à Paris.

– C'est bien vrai, mais on a autre chose.

– Que je te dise : un jour, ils sont venus faire du cinéma avec mes abeilles, c'était pour FR 3. Alors, on attendait avec la Julia, surtout qu'il paraît qu'on allait se voir... à la télé.

– Alors ?

– Tu vas pas me croire, mais ce soir-là il y a eu une panne de secteur ! Enfin, c'est pas grave, on n'attend pas après ça, nous autres.

– Vous avez sûrement raison, répondit François.

Et il était vrai qu'on ne courait pas après la gloire dans ce monde-là, on demeurait enchaîné à sa terre, à vie.

Quand tous deux ressortirent de la cave, Julia les observait, ses yeux malins dévisageaient François.

– Julia, vois donc le petit Vaillargues qui nous revient !

– Tu en as mis du temps.

Ne sachant que répondre, il hocha la tête.

– Bonjour, madame Broussotte...

Mais il ne put s'avancer vers elle.

– Nous, on a vieilli, tu vois l'étable vide, les loges à cochons aussi, plus de bêtes, plus rien ! Tu vois Broussotte empierrer le chemin, à quoi ça servira tout ce travail, tu peux me le dire ?

– Ne l'écoute pas, elle radote maintenant, mais

elle n'est pas méchante, dit Broussotte en prenant François par le bras et en l'éloignant.

Elle haussa les épaules.

– Reviens me voir, tu es ici pour plusieurs jours ?

François fit un signe de la main et s'éloigna en contournant le jardin des Broussotte. Il comprit que Julia ne souhaitait pas la conversation, contrairement à son mari. Elle restait polie, sans plus. Les paysans savent se taire plutôt que de prononcer des paroles ou des phrases inutiles. Ils ne s'obligent pas à meubler les silences. François ne s'en offusqua pas le moins du monde et se prépara pour d'autres rencontres.

La grande maison des Lavoine au toit de lauses épaisses, à la lourde cheminée, se cachait au bord du jardin. Le soleil déjà chaud embellissait le paysage, créant des reflets à travers les feuillages, des dessins d'ombre et de lumière sur la poussière des chemins ou le crépi des murs.

Il pensa soudain à Guillaume, se souvenant subitement qu'il n'était jamais venu ici, dans cette merveilleuse campagne. Les événements en avaient décidé ainsi ! Cependant, la pensée de Guillaume le tenaillait depuis un bon moment. Il lui semblait si loin, ce fils, en terre anglaise, qui se spécialisait dans la langue de Shakespeare, disait-il.

Ici, les choses de la vie et du cœur reprenaient

vite le dessus. La terre, dotée de son étrange pouvoir, vous communiquait son énergie.

Il aurait pu aller directement chez le beau-frère, la belle-sœur, la belle-mère et dire simplement : bonjour... Mais il était parti si violemment, si précipitamment et, depuis ce jour, n'avait pas donné de ses nouvelles. Un sentiment étrange l'habitait, le poussait à avancer.

Il revit le puits, plus loin le vieux four à pain, un hangar qu'il ne reconnut pas ; dans la cour on pouvait entendre le vacarme des poules et des canards. Des arbres, des formes, un contour parfois effacé de sa mémoire resurgissait ici ou là.

De ce merveilleux coulis de verdure, les bâtisses aux murs épais étaient sorties un jour de terre équipées de toitures imposantes et de puissantes cheminées.

S'y ajoutaient le soleil d'été, des myriades d'insectes, moustiques et papillons qui dansaient sur les ronciers. Des chênes, des châtaigniers, des sorbiers, des frênes, de nombreuses haies de noisetiers, de merisiers, le tout ondulant sous des vents, délimitaient le paysage. Une aquarelle de Lacalmontie, peintre du pays.

Contournant le potager, si bien cultivé autrefois – aujourd'hui en semi-friche – le visiteur devina l'ancien sécadou où l'on faisait sécher les châtaignes. Il ne rencontra personne, mais la porte était ouverte... sans doute étaient-ils aux terres ? Le hangar abritait les machines agricoles et outils nécessaires aux travaux des champs.

La grange au toit rouge tranchait violemment avec le gris des lauses. Plus loin la bâtisse qui avait abrité François et sa mère... une vision de cauchemar. La toiture avait perdu sa lucarne, ses tuiles avaient été remplacées par des tôles ondulées. Le cœur de François faillit s'arrêter, des larmes coulèrent de ses yeux et son ventre lui fit mal. La Noisetière abandonnée ! Détournant son regard, François quitta les lieux et emprunta un sentier qui longeait un champ de blé.

C'est pour ça que je suis venu ? pensa-t-il. Je m'en fiche, c'est du passé, c'est brûlé, fini, effacé, perdu.

Il reconnaissait les odeurs de quelques genévriers piquants, tels des hérissons qui parfumaient l'atmosphère. Les noisetiers bordaient le chemin qui descendait vers le pré carré – il se souvenait du nom précis de cet endroit – qui, débarrassé de son premier foin, laissait déjà poindre le regain. Et la fontaine ? La verdure plus soutenue lui signala son emplacement. Il sourit, s'approchant doucement comme pour surprendre un animal sauvage. Oui, elle existait bien, délaissée sans doute mais vivante. Quelques brins de cresson, qu'aujourd'hui personne ne consommait, l'entouraient. Écartant les herbes, il rencontra la fraîcheur de cette eau si froide au premier abord. S'agenouillant, joignant les mains, il porta l'eau à sa bouche et s'aspergea le visage, dans un soupir d'aise. Il glissa sa bière dans la source. Ses baskets volèrent et le poids de son corps marqua son empreinte dans l'herbe verte. Midi peut-être ? Treize heures ? aucune importance ! Il remonta son pantalon jusqu'aux genoux, ses pieds se frayèrent un passage entre les brins de verdure, dans l'eau glacée.

– Qu'est-ce que j'ai les pieds blancs, on voit bien que je vis à Paris...

Il sourit. La bière rafraîchie fut la bienvenue et accompagna le sandwich. On est bien ici, la source, l'herbe, le soleil, les chants des oiseaux. Où est donc mon passé, mon enfance, où sont mes amis d'autrefois ?

Puis il pensa à Mystère, ce compagnon invisible. Son regard le chercha dans le panorama merveilleux qui s'étalait devant lui : les haies de noisetiers, de frênes, de merisiers, des sorbiers, les fleurs sauvages et libres, le chèvrefeuille envahissant, les ronces avides et guerrières. Puis des champs, des bois, des toits au lointain, des moustiques, des odeurs, une brise tiède et un papillon bleu et or tout émoustillé, ayant trop consommé de nectar sans doute, revivaient sous ses yeux.

Plus de vingt ans d'absence et quelques heures seulement pour rattraper le temps, pour remettre l'âme dans le chemin de ses racines et comprendre. Il se passait quelque chose qui le concernait, mais quoi exactement ?

Il se dirigea directement vers le village, évitant la Noisetière.

Julia, assise sur une chaise de paille aussi vieille qu'elle, attendait on ne sait quoi sous le prunier dont le feuillage débordait amplement des limites du potager. Delphin transportait toujours des cailloux pour son chemin, lentement mais avec obstination. François le rejoignit et tous deux se dirigèrent vers Julia.

– On est bien sous les fruitiers, mi-ombre, mi-lumière.

– Je ne peux mettre ici des feuillus trop fournis, c'est pas bon pour le jardin, mais ailleurs tu sais, j'en ai planté.

– Il a toujours planté des arbres, dit Julia, pour ce que ça lui a rapporté !

– On ne peut faire toujours ce qui rapporte, ça sert à quoi ?

– À faire des sous pardi, reprit-elle.

– Y paraît que t'en gagnes des sous ? dit Delphin en se tournant vers François. C'est très bien pour toi, j'espère que tu en profiteras un jour, sinon...

François ne répondit pas. Le vieil homme reprit :

– Je te montrerai mes arbres, ceux que j'ai greffés il y a déjà longtemps. Je te prie de croire qu'ils sont magnifiques.

– On peut dire que vous êtes un planteur d'arbres, comme dans un roman de Giono.

– Je ne le connais pas celui-là, mais tu sais, il me

semble que je vais survivre par mes arbres. Que veux-tu, je suis d'ici et pas d'ailleurs, personne ne me changera...

Broussotte parlait de ses arbres avec une certaine tendresse et son regard porté vers le lointain laissait deviner de la mélancolie. Parfois, un geste du bras indiquait une direction, sans doute celle de ses arbres.

– Soixante-dix-huit ans, bientôt quatre-vingts et, vois-tu, je me porte bien, le travail ne tue pas son homme ! C'est autre chose qui anéantit les humains.

Julia intervint :

– Qu'est-ce que tu racontes encore mon pauvre homme ?

Puis, s'adressant à François :

– Faut pas toujours chercher à comprendre avec lui, tu sais. Il y a des jours comme ça où il dit des paroles étranges, comme des rêves du temps d'autrefois. Je sais bien ce qui lui manque moi, mais...

– Des enfants, oui, c'est des enfants que j'aurais voulus, répondit-il, avec un regard posé sur sa maison. On n'a pas eu cette chance. Allez, on va pas reparler de ça maintenant qu'on est bien vieux. La Julia et moi, on ne donnerait pas notre place pas vrai ? Bon, je te dis à bientôt, on se reverra certainement.

À l'hôtel, l'aubergiste attendait François. Ici, tout vous attendait avec la patience nécessaire. Cette fois, il lui montra qu'il l'avait reconnu en le tutoyant :

– Tu es revenu faire un tour au pays, ça fait bien longtemps ton départ. L'autre jour, je n'étais pas sûr que ce soit toi, excuse-moi.

– Oui, ça fait quelques années.

– Ta famille va bien, ton fils ?

– Je vous remercie, tous vont bien, ils vont peut-être venir me rejoindre.

– J'en suis heureux.

Ils parlèrent un moment, reliant le passé au présent, puis François resta seul.

Une journée s'achevait, une journée riche d'émotions. Il pensait à la Noisetière, sa pauvre chaumière recouverte de tôles, aux ouvertures noircies encore par endroits du feu de la vengeance. Il retournerait chez les Lavoine. Peut-être Marthe Lavoine était-elle à l'intérieur, on laisse souvent les vieux pour garder la maison.

Il se débarrassa de ses effets et s'allongea sur le vaste lit, les yeux grands ouverts sur le plafond. Cherchant une position confortable, machinalement il dit : maman... Puis il répéta : maman, surpris de prononcer ce mot si précieux, si unique, si rare à dire pour lui.

Un peu plus tard, il téléphona à Amandine :

– As-tu des nouvelles de Guillaume ?

– Oui, je l'ai informé de ton expédition. Il doit rentrer après-demain, en principe. Intrigué mais pas tellement surpris de ton voyage. Il a même dit que tu aurais dû le faire plus tôt.

– Nous avons bâti un tel mur entre le passé et nous...

– N'oublie pas tes médicaments, mon chéri, surtout n'oublie pas.

– Avec toi je ne risque pas de les oublier ces sacrées pilules. Tout va bien, ne t'inquiète pas. Sais-tu que je redécouvre les endroits de notre jeunesse, j'aimerais t'y emmener...

– Il ne sera pas trop tard quand je viendrai te rejoindre. As-tu vu quelqu'un, ma mère ou...

– Je me suis promené aux alentours, chez les Broussotte, je te raconterai, des personnages ces deux-là. Chez toi, je n'ai vu personne, mais comme la porte était ouverte, ils n'étaient certainement pas loin. Je m'approcherai davantage demain.

– Je penserai fort à toi, comme toujours.

– Tu n'as rien dit à ta mère, par hasard ? Ou à ton frère ?

– Non, je te le jure. Ah ! J'allais oublier, j'ai trouvé un gérant pour quelques jours, recommandé par le fournisseur de bière. Je serai près de toi très bientôt, monsieur Vaillargues.

Quand elle l'appelait ainsi c'est qu'elle était heureuse, et elle imagina le sourire de François.

Ce mois de juillet ensoleillé attirait la clientèle qui

garnissait les tables et le bar du Chemin des vents. Comme ils avaient trimé pour en arriver là ! se dit Amandine, peut-être les mois à venir apporteraient-ils quelque chose de plus doux.

6

La voiture des Vaillargues avalait les kilomètres sur les routes, de Paris vers le Cantal. Partie aux aurores, Amandine roulait vite. Orléans, Limoges, Tulle, Argentat, déjà les noms de chez nous, pensa-t-elle. Près de cinq cents kilomètres d'une seule traite avec simplement un arrêt dans une station-service. Son cœur réagit dès l'arrivée au Rouget, ses yeux balayaient le décor. L'Hôtel des Voyageurs ! La voiture s'immobilisa. Amandine descendit, habillée d'une robe légère, d'un vert amande discret. La porte de l'hôtel s'ouvrit devant elle.

– Madame Vaillargues, je présume ?

Et François la prit dans ses bras, fou de joie.

– Madie, lui dit-il.

– Il y a bien longtemps que tu ne m'as pas appelée ainsi.

– L'air du pays sans doute !

Ils s'installèrent dans leur chambre. La discussion alla bon train, tant de choses à se dire : le séjour de François, Paris, les affaires, Guillaume.

– Te rends-tu compte que nous sommes au Rouget tous les deux ?

– Cela fait...

– L'âge de Guillaume plus neuf mois exactement ! répondit-elle.

– En effet c'est tout simple et fort juste.

– Comment te sens-tu au pays ?

– Tu me manquais, Madie. Je me promène, mais je n'ai pas rencontré beaucoup de gens encore, j'évite. Même là-haut, je n'ai vu que les Broussotte. Mais je suis en pleine forme, comme tu vois.

Elle n'insista pas.

– Et ce matin qu'as-tu fait ?

– J'ai traversé le bourg, croisé mon copain Gérard le charcutier, qui s'est arrondi, tu te souviens de lui ?

– Celui-là, on ne peut l'oublier, a-t-il épousé... comment s'appelait-elle, Lilie, je crois ?

– Les événements ne se sont pas déroulés comme il le souhaitait avec Lilie, mais il a deux enfants quand même. Mon vieil ami Canabex est mort depuis sept ans. Sa fille occupe sa maison. Il paraît qu'il a espéré de mes nouvelles longtemps. « Ce n'est pas possible qu'il m'ait abandonné, on avait partagé tant de secrets, vécu des moments d'amitié si rares. Mais je sais qu'il reviendra un jour, peut-être trop tard. » Et le vieil homme n'a pas attendu.

– Tu as bonne mine, trois jours ont suffi à donner des couleurs à mon Parisien, n'est-ce pas monsieur Vaillargues ?

– Je marche tous les jours, pas de métro, pas de

bus, pas de fumées de cigarettes, mais du bon air de chez nous.

– Oui on est revenus enfin, ça fait du bien, je ne suis ici que depuis quelques heures et déjà Paris est bien loin.

– On va l'oublier pour le moment, d'accord ? Ce soir, premier dîner en amoureux à l'Hôtel des Voyageurs, jamais nous ne sommes venus ici tous les deux, c'est une première !

Le soleil descendait sur l'horizon. François et Amandine, ayant pris place sur la terrasse, étaient agréablement installés. Le maître des lieux vint accueillir Amandine.

– Je suis heureux de vous saluer madame Vaillargues, comment allez-vous ? Puis-je vous offrir un apéritif ? Suze, gentiane, Martini, whisky avec ou sans glace ?

Après une hésitation polie, ils acceptèrent ce geste amical de bienvenue.

– Vous trouverez du changement au pays, vous verrez...

Puis il se retira discrètement, comme à son habitude.

Rendez-vous d'amoureux ; ils se souriaient, silencieux, échangeant parfois des : « Depuis le temps... », ou des : « C'est merveilleux de se trouver ici. »

Puis, tout doucement, l'heure du dîner arriva.

Amandine découvrit ce que François lui avait dit au téléphone : la qualité des lieux, de l'accueil, le personnel compétent et l'excellent menu. Soudain M. Roussilhe, l'hôtelier, s'approcha de Mme Vaillargues et, discrètement, lui glissa à l'oreille :

– Quelqu'un souhaite vous parler au téléphone.

Elle regarda son époux, surprise.

– Guillaume sans doute... qui s'inquiète.

Elle saisit l'appareil :

– Allô ?

– Amandine ?

– Oui, mais...

– C'est Calixte. Ne sois pas surprise, tout se sait très vite ici.

– Calixte ?

– Oui, juste pour te dire que tu peux venir à la maison, on pourra discuter. Si tu es d'accord, bien sûr. Je te laisse, à bientôt.

Pas le temps de dire un mot. Le bip-bip d'un combiné raccroché ! Interloquée, elle se tourna vers François.

– Mon frère Calixte ! Deux mots, je n'ai pas pu répondre, je n'ai pas eu le temps.

– Ne t'inquiète donc pas, mais que t'a-t-il dit ?

– Que nous pouvions aller le voir sans crainte, ça alors !

– Peut-être m'a-t-il vu près de la Noisetière, ou avec Broussotte...

– C'est aussi bien ainsi, le contact est établi, demain nous aviserons, qu'en penses-tu ?

– Bien sûr que nous irons, il nous facilite la chose en somme !

Mais la conversation ne fut plus tout à fait la même après cet appel.

– Guillaume rentre demain à Paris.

– Déjà ? Il ne devait revenir que dans dix jours, ou alors je perds la tête, dis-moi, Amandine ?

– Tu as raison, il a changé d'avis, avec son projet de livre et de dessins, il est débordé.

– Il est bien vite submergé, mon fils, une place sûre à l'Éducation nationale, avec toutes les vacances et monsieur Guillaume est débordé, que devrions-nous dire, ma chère femme ? dit François avec un sourire moqueur.

– Nous n'avons que celui-là, il est ainsi. Ne te plains pas, c'est un bon fils. Regarde autour de toi, tous ces problèmes d'emploi, de délinquance. Mais ce qui te gêne profondément, c'est qu'il n'ait pas voulu de l'affaire Vaillargues, nous en avons si souvent discuté.

– Et maintenant il écrit un livre, mieux encore, il dessine un livre comme il dit.

– Le dessin est sa passion, comme la photo, et nous aimons tous deux ce qu'il fait, tu es bien d'accord ?

Il acquiesça.

– Je suis aussi satisfait de ce menu, copieux à souhait, trop même, dit-il, pour changer de sujet.

Le dîner terminé, la nuit les surprit quelque part du côté de l'ancienne minoterie. Seul le bruit de leurs pas troubla le silence, ce silence tiède, étrange, qui vient du « côté de partout en même temps ».

– Il y a si longtemps, dit-elle.

Puis tous deux rentrèrent à l'auberge, croisant quelques couples anonymes.

– Je vais si bien dormir ce soir.

– Madie, tu as bien fait de venir, dit-il en la prenant dans ses bras.

La voiture s'engagea sur le chemin vicinal, aujourd'hui goudronné, qui conduit à Roquevie.

– Comme tout a changé ici, dit Amandine en découvrant le plan d'eau et son camping installé près des pins.

François se taisait, tendu, inquiet, laissant son épouse s'extasier ou s'étonner sur tel ou tel changement des lieux. Puis le croisement, la croix de fer, le hameau et sa première maison. Ils arrivèrent par la ferme des Broussotte, incontournable, à la grosse maison des Lavoine. Le véhicule se rangea, les portières s'ouvrirent. Un chien se précipita en aboyant puis se calma et, affectueux, accepta les caresses.

La porte de la maison était ouverte, mais personne n'apparut. Ça sentait les foins, la ferme, et le passé revivait. Amandine revoyait enfin la maison de ses parents, sa maison. Vêtue d'un pantalon cigarette de toile écrue, d'un tee-shirt assorti de forme très ample, elle était plus belle que jamais et resplendissait dans ce triste décor. Elle s'avança vers la porte ouverte qui laissait entrevoir un couloir. Il y avait une porte à gauche et une à droite, qu'elle ne connaissait pas. Puis elle frappa avec l'anneau de métal comme autrefois. Pas de réponse.

Tous deux firent quelques pas vers le hangar, puis du côté de la grange. Leurs regards se posèrent sur la Noisetière mais aucun des deux ne dit mot.

Amandine souriait tendrement à son mari. Dans ce sourire, il lisait beaucoup de tendresse et d'amour.

– Ta mère ne doit pas être bien loin.

– Vers le jardin peut-être, allons-y.

En effet, c'est là qu'Amandine aperçut sa mère entre les rames de haricots. Le portail affaissé gémit sous la main de François. La dame en noir bougea la tête et quitta la rangée. La frêle silhouette s'avança. Amandine se précipita à sa rencontre. Les bras se tendirent, les yeux se troublèrent et les larmes retenues depuis trop de temps se déversèrent. Mère et fille séparées depuis si longtemps s'étreignirent... « Ma fille ! » – « Maman ! »

François, en retrait, observait la scène. Il s'avança à son tour, silencieux.

– Bonjour, mon gendre !

– Bonjour.

– Tu peux m'embrasser, mon pauvre François.

– Viens, lui dit Amandine en lui tendant la main.

– Vous n'avez guère changé tous les deux... Mais il en manque un, le petit Guillaume !

– Plus tard maman, plus tard.

– Je comprends. Mais tu sais, un peu plus, et je faisais comme ton père, sans vous avoir revus.

Des sanglots l'interrompirent.

– Je sais que vous êtes à l'hôtel, j'espère qu'on aura le temps de parler tout de même.

– Nous aurons tout le temps, ne t'inquiète pas. Mais où est Calixte ?

– Au pré du fond, tu te rappelles où il est ? Ils sont partis tous les deux avec le tracteur, c'est temps de terminer les foins, on n'est pas en avance, comme tous les ans, d'ailleurs. Et puis, avant, il a fallu traire, on n'en finit jamais ici.

Amandine glissa son bras sous celui de sa mère et, tout doucement, toutes deux se dirigèrent vers la maison. François, derrière elles, portait le panier de légumes.

– Alors, vous avez décidé de venir, de revenir me voir. Et Guillaume, je ne le verrai donc pas ?

– Il est en Angleterre ces jours-ci.

– En Angleterre, mon Diou, aujourd'hui les jeunes voyagent, mais sait-il que vous êtes ici ? Dire que je ne l'ai pas encore vu !

En s'approchant des marches de la maison, elle s'arrêta un instant. Son regard se dirigea vers la ruine couverte de tôles ondulées rouillées, puis vers François, qui ne disait mot :

– Tu vois dans quel état c'est ? Bah ! Allez, entrez. Les autres arriveront plus tard.

Le seuil franchi, Mme Lavoine dit :

– C'est de ce côté-ci que je demeure, à gauche,

c'est les enfants, Calixte et Monique. Chacun chez soi, c'est mieux comme ça.

Autrefois le rez-de-chaussée était divisé en trois. La cuisine ou pièce principale, côté gauche avec la grande cheminée, deux chambres sur la droite, une pour les parents, l'autre pour les enfants. Près de l'entrée un escalier grimpait au grenier.

Sa mère continuait sa description :

– Là-bas c'est la chambre avec la salle de bains, je reste dans ces deux pièces et ça me convient tout à fait. Tu te rappelles, avant, c'est-à-dire quand vous étiez jeunes, c'était la vôtre et Calixte dormait au fond.

– Je voulais toujours être de ce côté-ci pour être plus tranquille.

– Et toi, François, tu ne dis rien ?

– Je connaissais bien votre maison, et pour cause, mais je pensais ne jamais y revenir.

– Celui qui t'en avait interdit l'accès n'est plus, mais le mal est fait et bien fait.

– C'est le passé, aujourd'hui je...

– Rien ne s'efface. Le malheur ça revient sans cesse dans les pensées. Ma fille est partie, j'ai un petit-fils et ça fait vingt-deux ans que j'attends et que j'espère vous revoir. Je suis une vieille femme maintenant, mais je suis encore là, comme la Noisetière. Je vais vous faire un café.

– Ne te dérange pas maman, laisse-moi plutôt regarder la maison de mon enfance. Tu as toujours les mêmes meubles.

– Ton père n'a jamais voulu en changer, tu sais, enfin vous connaissiez son caractère.

– Et tu as toujours la machine à coudre, la Singer à pédale ? Fonctionne-t-elle encore ?

– Oh ! Je ne m'en sers plus, mais elle est toujours fidèle. Je t'en ai fait des robes et des manteaux, ma petite. Eh oui ! François, je l'ai gâtée cette fille, du moins je le croyais... Mais vous deux, vous allez bien ? On oublie d'en parler avec cette émotion.

– Tout va bien, répondit François qui demeurait immobile.

– Je suis heureuse, si heureuse que j'en suis toute bête, dit la vieille femme qui se dirigeait vers la cafetière électrique.

– Laisse donc, j'ai envie d'aller dehors, de tout regarder, viens maman.

– Il n'y a pas grand-chose à voir, c'est comme toujours, et de plus on n'est pas trop modernes.

Le chien les accompagna dans la cour, tout heureux lui aussi de cette visite. Le lierre recouvrait toute la façade, taillé de-ci de-là pour ne pas obstruer les ouvertures dessinées par de belles pierres de granit. Ils regardaient cette bâtisse traditionnelle, lourde, inusable, sous un toit qui avait essuyé tant d'orages, de froid, de neige et de chaleur d'été ; son crépi de mortier ayant cédé par endroits laissait apparaître la forme des pierres au travers de craquelures oubliées par la verdure.

Des cicatrices, il y en avait aussi dans les cœurs. Tout en marchant, ils s'approchèrent de la grange, toujours la même, avec son étable et sa cour éternellement boueuse et encombrée de mille choses. Et puis : la Noisetière. La mère ne la regarda pas, mais François et Amandine se figèrent devant. Ce fut le silence.

Le tracteur, conduit par Calixte, arriva. Perchée près de lui, Monique, la Monique comme disait Mme Lavoine. Premiers regards. Ils ne s'étaient jamais rencontrés auparavant... Calixte sauta de l'engin et se dirigea vers sa sœur.

– Excuse ma tenue, je suis tout en sueur.

Amandine l'embrassa affectueusement.

– Bonjour, mon frère, tu n'as pas changé.

– Tu exagères, mais laisse-moi te présenter Monique, vous ne vous êtes jamais vues.

Monique avança, tendit la main à Amandine qui ajouta avec un grand sourire :

– Je te présente mon mari, François Vaillargues.

– Enchantée.

Puis les deux hommes, qui eux se connaissaient bien, se serrèrent la main, avec un bonjour timide. Face à la belle Amandine, sûre d'elle, Monique accusa le coup.

Bottes, jeans et sweater douteux, elle mitraillait sa belle-sœur d'un regard empreint de jalousie. Brune, les cheveux très courts, la féminité n'était pas son souci majeur. Un malaise s'empara du groupe. Calixte rompit le silence :

– Je suis content de vous voir, je me demandais si j'allais te revoir, ma grande sœur, mais on va faire une toilette et puis on boira un bon petit coup, d'accord ? Le travail et l'émotion, ça creuse. Tu ne m'en veux pas de t'avoir téléphoné hier soir ?

Amandine fit non de la tête, dans un mouvement tranquille.

La rencontre souhaitée, ou redoutée, avait eu lieu. Marthe Lavoine s'en félicitait intérieurement. Monique ne manifesta pas une grande sympathie envers les visiteurs. François, très réservé, se sentait mal à son aise, contrairement à Amandine qui souriait.

– La grange est-elle bien garnie ? demanda-t-elle à sa mère.

– De nos jours, on ne rentre pas tout le foin ; on l'emballe dans des housses en plastique, il peut rester dehors. Ce sera une année de foin, mais qui dit année de foin dit aussi année de rien. Vous autres, vous n'avez pas ce genre de problèmes à Paris ?

– Nous avons d'autres soucis, chacun les siens, n'est-ce pas François ?

– Certainement, dit-il, pensif.

Calixte les avait rejoints et les invita à entrer, en prenant François par le bras, amicalement. Celui-ci apprécia le geste. Il revit Edouard Lavoine, campé devant sa porte, empêchant sa fille d'avancer et lui disant : « De mon vivant, tu n'entreras plus dans cette maison ! »

Amandine et François découvraient dans le détail les aménagements intervenus depuis vingt ans. Un carrelage avait remplacé le plancher aux larges lames déformées par endroits. Le plafond avait conservé ses poutres anciennes. La tapisserie au mur, d'un beige marbré, éclairait la pièce. Dans le fond, on apercevait une cuisine aménagée, avec un équipement moderne. La cheminée, vestige si agréable, devait se souvenir de quelque veillée d'autrefois. Les meubles du séjour étaient anciens pour certains, plus récents pour d'autres. Des fauteuils, la télé et, près de la fenêtre, un ordinateur. Monique, ayant remarqué le regard de François, lui dit :

— Bernard a voulu un ordinateur pour ses quinze ans, il aime ça, c'est une passion.

– Où est-il ?

– Il a voulu aller à la mer, en camp de vacances. C'est mieux pour lui que de s'ennuyer par ici.

– Il va bientôt rentrer, ajouta son père, et de nouveau se planter devant sa machine pour regarder ses CD-ROMS. Je ne sais pas ce qu'il fera plus tard, mais pas paysan, ça c'est sûr !

– Il aura bien raison, dit sa mère, c'est pas une vie.

– Bon, c'est pas tout, mais pour l'apéro un pétillant bien à point, ça vous dit ?

– Va pour les bulles !

Cinq coupes, petits gâteaux, sourires et émotion. Amandine souriait, Monique parlait peu, François maîtrisait ses états d'âme et Mme Lavoine contemplait ses enfants réunis.

– Tu es ici pour quelques jours, ma sœur ?

– Quelques jours, oui, mais pas plus, les affaires ne se gèrent pas toutes seules.

– Je ne te poserai pas de questions et tu es restée longtemps loin de nous. Vous aviez tous deux vos raisons. Je souhaite que nous redevenions une famille, si vous le voulez bien. Si vous avez des choses à régler, faites-le, mais ne restons pas dans cette situation. Je dois ajouter, ma sœur, que tu m'as manqué.

Il y eut sur les lèvres de Calixte un léger frémissement tandis que Monique demeurait stoïque. Point de réponse. Chacun gagnait du temps.

– Tu as fait pas mal de travaux dans ta maison, tu es content, ça va bien pour vous deux ?

– Tout va bien, répondit Monique, c'est un boulot de dingues, mais à part ça tout va bien... les bêtes se vendent mal, le lait c'est bien juste, le blé, le maïs... les emprunts...

Commencée sur un ton ironique, la réponse de Monique s'acheva teintée d'agressivité mal contenue. Son mari arrangea les choses, plaisantant et affirmant que tous les paysans en étaient au même point.

Mme Lavoine ne prit pas part au débat, elle observait sa fille et François. Les Parisiens trouvèrent une excuse pour mettre fin à la visite et, sur l'invitation de Calixte, promirent de revenir pour dîner.

Reprenant le chemin de l'hôtel, ils échangèrent leurs impressions sur cette rencontre difficile.

– On aurait dû revenir plus tôt, ne crois-tu pas François ?

– Certainement, mais on dit toujours ça après.

– C'est vrai, pardonne-moi, je suis égoïste. Ma mère a tant vieilli et mon frère est devenu un homme.

– Et nous avions dix-huit ans et nos chagrins aussi... Pour l'instant, aucun indice sur la personne qui m'a appelé, apparemment, il ne se passe rien d'extraordinaire, sûrement un canular.

– Canular ou pas, nous sommes revenus. Il le fallait, un jour ou l'autre et j'espère que c'est un commencement. Mais j'y pense, tu es le seul qui ait reçu le message, n'as-tu pas rêvé ? acheva-t-elle en riant.

– Tu es folle, comment peux-tu penser une chose pareille ? Tu doutes de moi ? Arrête donc de sourire, tu te moques de moi ?

– Non, François, je te crois. Laissons faire. S'il y a quelque chose, nous l'apprendrons, n'est-ce pas ? Je trouve que tu as bonne mine et j'en suis heureuse, voilà pourquoi je suis gaie.

Vers les quatre heures de l'après-midi, ils retournèrent à Roquevie, à pied cette fois-ci. Amandine voulait savourer le pays. Ainsi la promenade prit-elle des goûts de mûres, de senteurs des foins, de douce-amère ou de cerises minuscules de merisiers.

– Madie, tu es magnifique !

Belle et plus que ça encore, même lorsque quelque tristesse passait dans ses yeux.

– Madie, comme tu l'as bien dit. Qu'est-ce qui t'arrive, François ?

– Il m'arrive que je t'aime peut-être un peu plus ici !

7

À Roquevie, le chien les reconnut et manifesta son affection. Marthe apparut dans l'encadrement de la porte. Elle embrassa sa fille et accueillit son gendre.

– Les jeunes sont au pré, le foin presse de botteler. La météo annonce des orages pour cette nuit ou demain matin.

– Si on se promenait un peu, maman ? Viens avec nous, on marchera vers le pré.

– Je prends ma canne et je vous suis, si vous ne marchez pas comme des jeunes.

– Je ne voudrais pas oublier les photos que j'ai apportées pour toi, tiens voilà ton petit-fils Guillaume, ce printemps, dans son école.

– Je n'ai pas mes lunettes. Je reviens dans un instant.

Dans la maison, elle prit ses lunettes sur le buffet, observa les photos avec joie et mélancolie. Puis, les ayant disposées sur le meuble, elle rejoignit ses enfants.

Amandine lui demanda :

– Ce ne sont pas les lunettes de mon père, par hasard ?

– Si, elles me rendent bien service, ça m'évite d'en acheter des nouvelles. Bah ! Il est beau ton fils, mon premier petit-fils, il vous ressemble, les yeux de son père, et la bouche et le menton, c'est bien comme les tiens, ma fille.

Amandine prit sa mère par le bras et le trio s'éloigna doucement des maisons. François demeura quelques pas en arrière, plongé dans ses pensées. Ils marchèrent en silence dans le chemin bordé de vieux murs, ces murs qui courent depuis si longtemps le long des terres et des bordures de noisetiers. Déjà, ils apercevaient le pré où Calixte et Monique œuvraient. Le bruit du tracteur s'amplifiait et les cordes de foin dessinaient des lignes inégales.

– Si on allait par là ? demanda Amandine.

– Tu as raison, on sera plus à l'ombre.

– Y a-t-il toujours la serbe noire ?

– Toujours, répondit Marthe, la serbe, sa pierre et son secret ! Mais je dois vous dire que je ne l'ai pas vue depuis... Oh ! je ne sais.

Puis Marthe parla de la ferme :

– Nous y mettons beaucoup de bonne volonté, certes, mais le capital propriété est mal en point, le cheptel régresse, l'outillage vieillit, exigeant de grosses réparations parfois. Cela devient très difficile.

– Les terres ne sont pas, ou n'étaient pas mauvaises, dit François.

– Depuis le bail, nous, enfin Edouard et moi, on s'en mêlait le moins possible. On les aidait, c'est tout. Depuis que le père n'est plus là, c'est plus pénible pour eux. Tous les dimanches, il s'occupait des bêtes et du reste, pendant qu'eux allaient ailleurs, ce que je comprends.

– Tu sais, maman, François et moi, pendant plus de quinze ans, nous avons travaillé tous les jours. Rien ne vient tout seul. Sans doute y avons-nous ruiné notre jeunesse et notre santé, surtout François. Une revanche à prendre sur le destin, ce n'est guère mieux.

Ils décrochèrent la barrière de barbelés et s'approchèrent de la serbe noire.

– Que de souvenirs !

– La pierre ? Vois-tu la pierre, François ? demanda Mme Lavoine.

– Oui. Les feuillages sont identiques, quelques arbustes morts remplacés par des nouveaux, des ronces sur le dessus. Les couades se baladent sur le fond et les chèvres d'eau m'émerveillent encore par leur agilité et leur légèreté. Allez, on va s'asseoir un moment.

Alors que tous bavardaient et sans que rien le laisse prévoir, Mme Lavoine eut un malaise. Portant les mains à sa poitrine, elle manquait de souffle...

– Ça va passer, ça va passer, j'ai l'habitude, François ouvre la serbe, tire la bonde, fais-moi ce plaisir, dit-elle avec difficulté.

Surpris tous deux par l'étrange demande, François et Amandine se regardèrent un instant, ne sachant s'il fallait obtempérer ou pas. Mme Lavoine insista :

– La bonde !

François s'exécuta, ne réussit pas du premier coup, le bouchon n'ayant pas été retiré depuis fort longtemps.

– Je vais chercher du secours, dit Amandine.

– Restez tous deux près de moi, écoutez la serbe qui gronde.

François partait en courant prévenir son beau-frère. Mme Lavoine continuait :

– C'est la mauvaise eau chargée du mal de nous autres, c'est la vieille eau qu'il faut évacuer pour plus tard, après avoir vu la pierre un instant léchée par le soleil, se recouvrir d'une eau nouvelle... qui...

Ce furent ses derniers mots, tandis que Calixte et François revenaient, essoufflés. On la porta à sa maison. Le médecin, prévenu de toute urgence, arriva rapidement. Marthe Lavoine ne parlait plus, semblait ne plus entendre, ses mains fonctionnaient à peine.

– Elle a eu une attaque, dit le médecin en sortant de sa chambre, je ne peux rien faire à part ce traitement à appliquer immédiatement : piqûres et médicaments. Mme Lavoine a subi un gros choc aujourd'hui, plus important que d'habitude.

– Docteur ? implora Amandine.

– Je ne peux me prononcer, dans quelques jours

nous verrons. Du repos, rien que cela, et du calme dans la maison.

François prit la parole :

– Nous n'aurions pas dû l'emmener si loin, peut-être que...

– Rien ne permet de dire que cette promenade soit la cause de cette crise. Elle en a eu d'autres, moins méchantes cependant. Mais aujourd'hui, à la grâce de Dieu !

Bouleversés par cet incident, ils ne savaient que faire.

– Je reste auprès d'elle, si vous voulez bien, dit Amandine.

Calixte prit sa voiture et se rendit à la pharmacie et chez l'infirmière. Pendant ce temps, à la maison, Monique interrogea :

– A-t-elle pris ses pilules lors de son attaque ?

– Lesquelles ?

– Elle en a toujours sur elle, les lui avez-vous données au moins ?

– Maman ne nous a rien dit de tel, sinon...

– Mais vous êtes responsables de son état, elle a dû vous les demander dès qu'elle a eu mal comme les autres fois, dit-elle en empruntant un ton agressif et coléreux.

Amandine fit un mouvement négatif de la tête, désespérée.

– Ne nous accusez pas ainsi, Monique. Nous ne savions rien de tout ça, vous nous l'apprenez, dit François.

– Quand on ne sait pas, on reste chez soi, rien ne serait arrivé...

Et le ton montait.

– Vous arrivez avec vos grands airs et voilà !

Les Vaillargues se turent, pris dans un piège infernal. Calixte revint et Monique lui rapporta la conversation.

– Ils ne pouvaient pas savoir, dit Calixte.

– Qu'est-ce que tu en sais, est-ce qu'ils ne lui ont pas raconté des histoires à la pauvre femme, et ça l'a tuée ?

– Du calme.

Cela se passait dans l'appartement de Mme Lavoine, à côté de sa chambre.

– Avec moi, ça ne serait pas arrivé, je te le jure !

– Calme-toi, tu n'en sais strictement rien !

– Si je sais, et je sais autre chose, moi ! Regarde, dit-elle à son mari, les photos de leur fils, il y en a déjà trois sur le buffet. Vous voulez quoi ? dites-le ! On ne revient pas comme ça vingt ans après pour rien. Alors que voulez-vous ?

Calixte la saisit par les épaules et la planta fermement dans un fauteuil.

– Calme-toi, je t'en supplie !

L'infirmière arriva. Le silence se fit, la pression retomba. Amandine décida de passer la première nuit auprès de sa mère, malgré l'insistance de son frère qui lui aussi voulait rester près de Marthe.

François regagna l'hôtel seul.

Il ruminait, repensait à la crise de sa belle-mère.

Pourquoi Marthe lui avait-elle demandé de vider la serbe ? « L'eau vieille doit partir, la vie nouvelle... » Tout un symbole ! Et pourquoi, surtout, n'avait-elle pas réclamé ses médicaments, comme d'habitude ?

Après un dîner en solitaire, il sortit et déambula dans le village, réfléchissant sans relâche. Sa première impression : Monique ne les appréciait vraiment pas, allant même jusqu'à les rendre responsables de l'accident et proférant des sous-entendus douteux.

Le temps devenait lourd, pesant, même la nuit n'arrivait pas à rafraîchir l'atmosphère. Passant devant le café, il remarqua de magnifiques géraniums aux couleurs presque phosphorescentes.

Il repensa aux fleurs que sa mère cultivait autour de la Noisetière : œillets, tulipes, pivoines, un rosier à fleurs jaunes près de l'entrée. « La joie au bord de la maison, lui disait sa mère, que tu rentres ou que tu sortes, elles te colorent les yeux et l'âme et ça te reste après. »

Sa marche désordonnée le conduisit vers le cimetière.

Ses mains se fixèrent sur les gros barreaux métalliques du portail et ne s'en détachèrent pas. À quelques pas de lui, là, dans la terre argileuse, derrière ce mur d'enceinte fortifié, elle demeurait, ensevelie pour l'éternité, ayant payé de sa vie le déshonneur subi.

François rentra tard à l'Hôtel des Voyageurs ; un

sentiment curieux l'assaillit. L'histoire n'était-elle pas finie ?

Amandine, dans sa maison natale, réconfortée par un léger repas que lui servit son frère, s'apprêtait à passer sa première nuit près de sa mère. Monique ne se montra pas, confuse sans doute des propos outranciers tenus l'après-midi. Calixte et sa sœur s'installèrent tout près de la porte où dormait leur mère. Après des paroles sans importance, Calixte exposa la situation familiale à sa sœur.

Tout n'allait pas au mieux dans le meilleur des mondes ; les revenus de la ferme ne les satisfaisaient plus. Monique s'ennuyait, Bernard ne se préparait pas à prendre une éventuelle succession.

Quant à Calixte, il avait baissé les bras depuis la mort de leur père. Bref ! Il céderait le fermage sans peine. Son ambition était de devenir transporteur, créer son entreprise et quitter Roquevie pour un avenir meilleur.

– Pour te mettre à ton compte, as-tu le capital nécessaire pour commencer ?

- Tout d'abord, je serai routier pour un patron, et petit à petit...

– Mais si tu n'as pas de capital au départ, tu n'y arriveras pas.

– Ça ou autre chose, tu sais...

– Nous avons un autre problème maintenant, c'est la santé de notre mère. Et puis, si tu quittes la ferme, un autre fermier viendra, et la maison ? Et maman ?

– Je n'avais pas pensé à tout ça, même avant-hier, nous n'avions pas...

– Qu'en pense Monique ? A-t-elle une idée ?

– Monique n'est pas faite pour la terre. Au début, je pensais qu'elle s'y ferait... mais aujourd'hui, je me rends compte que ce n'est pas possible.

Un silence s'installa. Amandine vérifia si sa mère dormait. Elle dormait.

– Dis-moi, Calixte, réponds-moi franchement, as-tu téléphoné à François dernièrement ?

Calixte eut un mouvement de mauvaise humeur.

– Certainement pas, et pour lui dire quoi ? Ce ne sont pas ses affaires.

– Ne te fâche donc pas, n'y pense plus. Ce devait être une plaisanterie, sans plus.

Ils s'assoupirent. Vers deux heures du matin, Calixte lui dit :

– Je vais m'allonger, si tu as besoin de moi, tu appelles, elle dort parfaitement, la mère.

– D'accord, à plus tard.

Mais dans la tête d'Amandine, bien des inquiétudes s'accumulaient. Manifestement, depuis deux ou trois années la ferme périclitait et elle n'imaginait aucune solution.

Mme Lavoine somnola jusqu'au matin sans aucun incident.

Huit heures sonnèrent lorsque François gara sa voiture devant la maison et rejoignit son épouse.

Quelques instants plus tard, les gendarmes arrivèrent. Amandine et François furent très surpris lorsqu'ils les réclamèrent.

– Nous devons éclaircir une affaire. Une plainte a été déposée. En effet, Mme Monique Lavoine prétend que vous n'auriez pas porté secours à Mme Marthe Lavoine, sa belle-mère, lors de son malaise.

Voilà donc la raison du déplacement de la force publique ! L'interrogatoire eut lieu chez Calixte. Monique jubilait, Calixte ne réagissait pas. Tout était possible, et Marthe Lavoine ayant perdu ses facultés ne pouvait ni confirmer ni infirmer. Lors de ses malaises précédents, la prise des médicaments l'avait toujours soulagée, écartant le danger. Pourquoi ne les avait-elle pas pris ?

– Quelqu'un l'en a empêchée, avait certifié Monique la veille aux gendarmes, et ce quelqu'un c'est l'un des deux, ou tous les deux. Maintenant qu'il n'y a plus le père, ils reviennent, ils se montrent, et si la mère disparaît, l'héritage, hein ? Et nous comme on est fauchés, dehors ! C'est la clef de l'affaire, messieurs.

Coléreuse, Monique maintint sa version.

Les Vaillargues, à leur tour, expliquèrent ce qui s'était passé, et soulignèrent que Marthe ne leur avait rien dit. François avait cherché de l'aide le plus rapidement possible vers Calixte. Les dires des uns et des autres furent inscrits au procès-verbal. On recommanda aux Parisiens de ne pas quitter l'Auvergne.

Le séjour prit une tournure étrange. Amandine et François se rendirent au chevet de Marthe qui, visiblement, n'entendait pas ce qui se passait. Elle bougeait légèrement les mains et Amandine le perçut quand elle les prit dans les siennes.

Le médecin arriva, constata l'état stationnaire de la malade. Il demeura longuement près d'elle et dit quand il sortit à ses enfants rassemblés :

– Le choc est passé, quant à l'avenir, je ne puis rien vous dire, mais ce sera une lourde charge...

Monique le coupa :

– Croyez-vous qu'elle restera paralysée, docteur ?

– Je le crains, mais il faut toujours espérer, avec des soins, de la kinésithérapie, ne désespérons pas, vous la connaissez.

Comme le médecin passait la porte, Amandine prit sa belle-sœur par le bras assez durement et l'empêcha de sortir.

– Il faut m'expliquer, Monique, dans quels sales draps vous nous avez mis. Calixte n'est pas de votre avis, mais il se tait, pourquoi ? Dites-moi ce qui se passe ici ?

– Vous n'êtes plus d'ici, alors laissez-nous régler nos affaires.

– Je suis la sœur de Calixte, et cette femme paralysée c'est ma mère, vous êtes allée trop loin dans vos accusations, je saurai la vérité ! Nous reviendrons cet après-midi.

François et Amandine, décidés à en savoir davantage, rejoignirent leur hôtel.

– C'est le comble, dit Amandine, nous voilà pris dans un piège !

– J'essaie de joindre Guillaume, j'aimerais qu'il...

Guillaume rentrait tout juste d'Angleterre. Une chance. François lui raconta l'histoire dans ses grandes lignes, lui disant que sa grand-mère allait peut-être mourir. Il serait bien qu'il les rejoigne.

– Que se passe-t-il ? Vingt ans de silence sur le passé et aujourd'hui...

– Aujourd'hui est un autre jour, et puis tu nous ferais plaisir. Emporte tes crayons, ce ne sera pas pour rien, je te le promets.

– D'accord, mais je suis assez inquiet devant ton insistance. Tu n'aurais pas pris un coup de vieux, papa ?

– Arrête tes bêtises, veux-tu !

– À demain, mais vous êtes vraiment de drôles de parents !

– Ouf ! il arrive, dit François à sa femme. Ne crois-tu pas que nous sommes bizarres tous les deux ?

– Il verra au moins sa grand-mère, pour les autres...

– La chance n'est pas de notre côté. Essayons d'oublier, viens, nous allons nous promener.

« Laissez-nous régler nos affaires », avait dit la belle-sœur. Il y avait dans ces propos une détermination inquiétante.

Au café, dont la terrasse était décorée de magnifiques géraniums, une seule table était inoccupée. Ils s'y installèrent, commandèrent un rafraîchissement.

Ils entendirent alors des bribes de conversation bien surprenantes. « Les gendarmes sont descendus ce matin... La Monique, celle-là... Du temps du père... Elle les aura tous. » Déjà les commérages !

Amandine confia à son mari les confidences de son frère sur son espoir en une autre voie, bien différente, bien difficile à entrevoir depuis l'incident survenu à leur mère. Mais à aucun moment, il ne lui avait parlé des gendarmes.

– Parle à ton frère cet après-midi. Que veut-il faire ? Peut-être peux-tu l'aider.

– Tu veux le remplacer à la terre, toi ? Tu veux devenir agriculteur ici ?

Surpris par cette question, il ne répondit pas. Elle lui souriait tout de même. Puis, d'une manière inattendue :

– Tu n'as jamais eu si bonne mine, monsieur Vaillargues !

L'heure du déjeuner passa très vite. Une certaine angoisse entachait leur conversation. Guillaume avait promis de venir. Demain, il foulerait ce sol sur lequel il n'avait jamais posé le pied. La découverte de la famille ! Rencontrer enfin sa grand-mère... avec qui il ne pourrait converser – et l'oncle et la tante !

L'après-midi, ils eurent la surprise de trouver Mme Broussotte auprès de Marthe. François ressortit et se rendit chez Delphin.

– Comment va la Marthe ?

– Pas de changement.

– Je crains qu'elle ne s'en sorte pas.

– S'il n'y avait que cela.

– Tu sais aussi pour le reste ?

– Monique... n'est pas facile, et puis...

– Vois-tu, ça devait arriver, il n'y a que ton beau-frère qui l'ignore, comme toujours, dans ces cas-là.

François tendit l'oreille. Il en apprenait de belles ! Puis :

– Vous allez connaître mon fils Guillaume, il arrivera demain, dans la soirée.

– Ça au moins, c'est une nouvelle. Ça ne sera pas un été comme les autres. On ne voit personne ici, d'habitude. La Julia et moi, on sort pour les enterrements de ceux qu'on connaît et encore pas toujours. Alors tu vois, François, à quoi ça ressemble la vie, sans enfants.

– On n'a pas vu grandir le nôtre. À Paris c'est une vie de dingues, on court tout le temps !

– On voit bien, à la télé, y a du monde partout.

– Tandis qu'à la Noisetière, malgré tout, on voyait les saisons s'accrocher l'une à l'autre, les champs se couvrir de futures récoltes. C'est ce qui m'a manqué le plus, les cultures.

– Je sais que tu aimais ça, plus que les bêtes, je me rappelle bien ce que tu disais : il faudrait des champs partout, de Fontbasse à Roquevie, tu t'en souviens ?

François resta muet, mais il se souvenait. Puis il s'étonna du peu d'esprit d'entreprise de son beau-frère :

– Il aurait quand même pu essayer autre chose, suivre le progrès, qu'en pensez-vous ?

– Des hangars, des tracteurs, du matériel comme dans les livres qui parlent de la Beauce ou de la Brie. Mais ici, c'est pas tout plat, François. Si ça te tente, quand la ferme se vendra, achète-la !

– Pour y faire quoi ?

– Des champs de blé, du soja, ça se fait maintenant. Du maïs, du tabac. La terre ne demande que cela, de la semence.

François changea de sujet, jugeant celui-là trop brûlant vu les accusations de Monique.

– Ces arbres que vous avez greffés, monsieur Broussotte, où en sont-ils ?

– Ça prend ou ça crève ! Heureusement la majorité pousse. La plus belle réussite, c'est la châtaigneraie, tu vois le manteau blond ? Elle est en fleur, même un peu sur la fin. Mais il faut que je t'y amène impérativement, et tous les deux, seuls.

– Je vous promets, monsieur Broussotte.

– Bon, il faut que j'empierre encore un peu, la flemme m'attrape vite, à mon âge ! Au fait, les gendarmes, qu'est-ce qu'ils viennent chiner par ici ?

– Rien de grave, des renseignements sur quelqu'un qu'on aurait vu dans le coin.

– Hum ! Tu y es passé aussi au questionnaire ?

– Oui, comme les autres, c'est une enquête. Rien d'anormal.

– Ils ne sont pas venus chez moi, dit Broussotte en bougonnant.

Amandine, seule, était assise dans un fauteuil disposé de telle sorte qu'elle pouvait observer sa mère et la pièce d'à côté sans bouger. Les objets, elle les connaissait presque tous. Rien de bien nouveau. Même le fusil de son père trônait au râtelier avec son carnier et sa veste de chasse. La vieille pendule sonnait les heures et les demi-heures.

Amandine parlait doucement à sa mère qui ne l'entendait pas, elle lui promettait de s'occuper d'elle quoi qu'il arrivât, l'entretenait de Guillaume qui viendrait le lendemain pour la voir.

– C'est bien tard maman, mais je t'en supplie, tiens le coup, tu verras, c'est un beau garçon.

Calixte arriva par surprise dans la chambre de sa mère.

– Comment ça va ?

– Comme tu vois ! Je voulais te parler, tu tombes à pic. Que se passe-t-il ici ? Dis-moi la vérité.

Calixte, sans se préoccuper de la présence de la mère, lui avoua qu'il souhaitait quitter la ferme. En fait un acquéreur s'était manifesté. La vente et le partage lui auraient permis de prendre un autre départ dans la vie. Si la mère avait décidé de prendre un fermier, tout se serait écroulé. Puis il ajouta :

– Quelqu'un vous aurait-il informés pour que vous veniez, justement cette année, au pays ?

– Non, le hasard. Revenir un jour, il le fallait, c'est aujourd'hui.

– Maintenant avec la mère, on ne sait plus.

Monique arriva, agressive.

– Qu'est-ce que tu lui racontes ?

– Nos emmerdements, nos soucis, je lui ai même dit qu'on voulait partir. Tout est clair entre nous. Il était nécessaire que je te voie, c'est bien, dit-il pour terminer en s'adressant à sa sœur.

– J'ai oublié de te dire que Guillaume arrive demain, je crains pour maman.

– Vous êtes responsable de son état, c'est à vous de la prendre en charge, dit Monique.

La mère était toujours immobile. L'infirmière venait matin et soir et le kinésithérapeute une fois par jour. On lui servait à la cuillère un bouillon aux heures des repas, des tisanes et on l'installait aussi dans un fauteuil, deux heures le matin et trois l'après-midi, sur les recommandations du docteur.

– On demande notre part d'héritage, voilà tout ! Et on a un client !

Monique revenait à ses préoccupations.

– Les choses sont claires quand on a le courage d'en parler, dit Amandine.

– C'est notre avenir qui est en jeu !

Sur cette déclaration, Monique sortit aussi vite qu'elle était entrée. Calixte, mal à l'aise, soupira longuement.

– On reparlera de tout ça plus tard, dit-il en sortant à son tour.

François, qui n'avait encore rien dit, lui demanda :

– Tu permets que je voies la Noisetière de près ? Je ne m'en suis pas encore approché.

– Fais ce que tu veux.

François se dirigea donc vers son ancienne maison. Des murs, où subsistaient les linteaux des fenêtres, cernaient le vide de l'intérieur, tout était encore noir de fumée. Des hampes de ronces obstruaient l'entrée, ayant remplacé le rosier à fleurs jaunes qui autrefois était la fierté de la modeste maisonnette.

François, le cœur en déroute, les idées troublées par les événements, errait entre l'incertitude et la nostalgie. Les ronces dégagées, il pénétra dans la maison.

Le plancher recouvert de débris divers, y compris les restes des portes et fenêtres endommagées, la cheminée toute noire, la cloison encore debout, le plafond crevé, par où l'on apercevait la toiture, tout ceci constituait une vision de cauchemar.

Il ressortit, les mains derrière le dos, le regard tendu vers la campagne au loin. Il se souvint d'une phrase de son ami le père Canabex : « Le temps est un grand maître, il arrange bien les choses. »

8

Guillaume Vaillargues descendit de la micheline orange et jaune, un sac de sport à l'épaule. En jean et tee-shirt, décontracté, il quitta la gare en regardant s'éloigner le train. D'un bon pas, il emprunta la chaussée qui monte vers la place et l'Hôtel des Voyageurs !

Assis près d'une table blanche, sous un parasol bleu, ses parents ne le remarquèrent pas immédiatement, absorbés qu'ils étaient par leur conversation.

– Bonjour les estivants !

– Guillaume ? Déjà là, nous ne t'attendions qu'au dernier train !

– Quand c'est urgent, c'est urgent !

Guillaume prit place. Ils s'embrassèrent.

– Alors, c'est votre village ? Comment va ma grand-mère, cette inconnue ?

– Aussi bien que possible, mais le temps lui semble compté. Demain matin, nous irons la voir.

– Et vous deux ? Savez-vous que le Chemin des vents est en faillite ? Plus de clients ! Plus de sous !

– Arrête, Guillaume !

Heureux de se trouver tous les trois, hors de la vie parisienne.

– Alors, l'Angleterre ? Dis-nous.

– Rien d'extraordinaire. Parlons plutôt de ce retour au pays natal.

– Je n'aimais pas mon passé, je l'avais effacé, mais il resurgit... et tu en fais partie.

– Nous allons te laisser le temps de t'installer, puis nous irons marcher dans ce bourg avant de souper, d'accord ? conclut Amandine. C'est bien que tu sois là, mon fils.

Les sourires ne mentaient pas. Un quart d'heure plus tard, Guillaume les rejoignit.

– J'ai hâte de voir, dit-il.

Le crépuscule noyait maintenant le trio. Amandine au centre, bras dessus, bras dessous. Au fur et à mesure du trajet, père et mère expliquaient, citaient, décrivaient. Guillaume enregistrait. Des promeneurs jetèrent sur eux des regards interrogateurs, d'autres ne les remarquèrent même pas.

Le lendemain, tartines beurrées, confiture, chocolat, café, un pain comme on n'en trouve nulle part ailleurs les attendaient pour le petit déjeuner.

– Voilà qui vous met de bonne humeur pour la journée !

Pendant la durée du trajet vers Roquevie, nul ne parla. Guillaume était pensif. À vingt et un ans, faire connaissance de son aïeule paralysée n'était pas chose si facile.

La voiture se rangea devant la ferme.

– C'est ma maison, celle de mes parents, dit Amandine. Tout va bien, mon fils ?

– Ça va maman, ça va.

Guillaume observait. Puis tous trois s'approchèrent de l'entrée. Ils entendirent sonner huit heures à la pendule. À cet instant, le fils sourit à ses parents, il venait d'entendre pour la première fois le son de la pendule familiale, qui répéta quelques secondes plus tard la même information, pour les étourdis, sans doute. Là, derrière ces portes, la famille inconnue, le passé de sa mère. À gauche les jeunes, à droite...

Amandine entra chez sa mère. Au moment précis où sa main se dirigeait vers la porte de la chambre, celle-ci s'ouvrit. Ma mère n'est pas seule, pensa Amandine. Mais à la surprise générale, Marthe Lavoine apparut, debout, marchant vers eux.

– Maman ! C'est toi, mais...

– Bonjour mes chers enfants, bonjour Guillaume, enfin te voilà !

– Maman, répétait Amandine. Tu es guérie ? C'est un miracle !

– Pour Guillaume, une grand-mère doit se présenter à son avantage, n'est-ce pas mon petit-fils ? dit-elle en lui tendant les bras.

– Mamie, répondit-il, tu es magnifique.

Et Guillaume embrassa sa grand-mère pour la première fois. François osa la question :

– Pourquoi avez-vous simulé ?

– Pardonnez-moi cette petite comédie, pas trop digne d'une vieille personne, je le vois bien... Mais je n'avais pas d'autre solution pour savoir, pour faire apparaître une vérité que je soupçonnais et qui me tourmentait. Au début de la crise, j'ai eu très mal, c'est vrai. Peu à peu, la douleur a diminué, j'arrivais à la supporter, et puis ça s'est estompé.

– Et le docteur ?

– Depuis le temps qu'on se connaît...

– Les piqûres, le kiné ?

– Un bon remontant simplement, et le kiné ça fait beaucoup de bien. Je vous avoue que ce fut long, heureusement que tu es venu mon petit-fils, je ne savais plus comment m'en sortir.

– Et Calixte et Monique ?

– Ils sauront tout à l'heure, bien embêtés probablement. Pendant toute cette comédie, je n'ai fait qu'écouter, je voulais savoir qui était sincère.

– Les gendarmes ?

– Faut les prévenir. Monique s'en chargera.

Décidément, Marthe Lavoine avait plus d'un tour dans son sac.

– Vous donnerez des nouvelles aux Broussotte, Julia s'est fait beaucoup de souci pour moi.

– Jamais nous n'avions osé espérer... Nous n'osions plus espérer... C'est incroyable ! Mais quel bonheur !

– J'ai très faim, dit Marthe en souriant.

– Je peux vous poser une autre question..., dit François.

– Dis-moi maman, depuis le temps que j'attends, ou mamie comme Guillaume, c'est plus moderne.

– Ça viendra, je vous le promets, voilà : Auriez-vous téléphoné à Paris, il y a un mois environ ?

– Ma foi, non !

Elle paraissait sincère. Le mystère demeurait entier.

– J'espère que vous resterez quelques jours de plus. Vous avez tout à découvrir dans ce pays que vous ne connaissez pas, n'est-ce pas Guillaume ?

– Je vais en profiter, c'est certain. Parle-moi de toi.

François laissa son fils et son épouse avec Marthe Lavoine et prit le chemin des champs.

Trouver Calixte et Monique ne fut pas difficile. Très vite, Calixte lui parla de ce qui le préoccupait et lui cita la somme proposée par leur client, Antoine Pardissi, pour la propriété, somme qui paraissait élevée. Monique écoutait sans rien dire.

– C'est à ta mère qu'il faut parler et à ta sœur, mais c'est la mère qui reste propriétaire. Imagine qu'elle prenne un autre fermier avec bail de fermage, tu n'y pourras rien.

– Ma mère dans l'état où elle est, comment veux-tu ? Ça bloque tout.

– Ta mère est guérie, elle est comme avant.

– Nous l'avons vue tout à l'heure, qu'est-ce que

vous racontez encore ? s'exclama Monique, mal à l'aise.

– Venez donc à la maison, je venais vous apprendre la nouvelle, mais vous ne m'en avez pas laissé le temps. Guillaume vous attend aussi.

Calixte et Monique partirent les premiers, pressés de vérifier les propos de François.

Quand ils entrèrent précipitamment chez la mère, ce fut elle qui prit la parole :

– Bonjour les enfants, je vais très bien.

– Mais, ce matin...

– La comédie avait assez duré, je n'ai jamais été malade. Monique, il faut que l'on parle toutes les deux.

Monique était livide. François, Amandine et Guillaume s'éclipsèrent.

– Qu'est-ce qui t'a pris de les accuser, Monique ? Tu t'es mise dans de beaux draps.

– Je m'en fous, j'en ai marre, je n'en peux plus. Eux, ils ont tout, et nous on n'a rien, ils sont venus nous narguer.

– Je ne le pense pas, dit la mère. Il te reste le plus difficile, t'expliquer avec les gendarmes.

Monique quitta la pièce et s'enfuit dans sa chambre en sanglotant. Calixte n'avait dit mot.

– Je sais qu'elle ne se plaît pas ici, reprit la mère, qu'allons-nous faire ?

– Maintenant que nous sommes tous réunis et que tu as réussi ta plaisanterie de mauvais goût, nous allons peut-être pouvoir parler de nos soucis, dit Calixte.

– La solution, je la connais, petit, depuis que ton père est mort, rien ne va plus à la ferme. Si nous vendons, que feras-tu de moi ? Si un fermier vient à ta place, il voudra la maison, c'est normal. Tu vois la situation ?

– Pour le moment, je rejoins Monique, elle a besoin de moi, puisque toi, tu vas bien.

– Bah ! répondit-elle.

Dehors le soleil régnait. Amandine et Guillaume bavardaient en faisant des gestes vers tel ou tel endroit. François s'appuyait contre le puits, dont on ne tirait plus l'eau. La végétation avait grimpé par-dessus la margelle, en escaladant le rouleau de la chaîne et sa manivelle, gagnant même le toit sur un côté. De ce poste, il observait la Noisetière. Puis Marthe Lavoine apparut sur le perron, clignant des yeux sous l'intense lumière du jour. Elle semblait si fragile et, pourtant, elle venait encore une fois de montrer sa force de caractère. Elle comptait maintenant sur le temps, vieille méthode des gens de la terre.

– Que penses-tu de tout ça, mon gendre ?

Plutôt gêné par la question, François éluda la question.

– La propriété est à vous, vous seule pouvez décider.

–J'aimerais qu'on remette la Noisetière en état pour commencer.

François ne quittait pas des yeux cette maison. Quelques signes d'approbation se lurent sur son visage.

– Le problème n'est pas là, mais il est vrai que ça donnerait un autre cachet et, pour trouver un fermier ou vendre selon le cas, ce serait un atout supplémentaire, c'est certain.

– Nous allons commencer par là, je vais en informer Calixte, dit la mère qui semblait avoir repris vie tout à fait.

Et, du même pas qui l'avait conduite jusqu'au puits, elle s'en retourna chez elle. Plus tard Monique sortit seule, sans jeter un regard à quiconque. On devinait sa nervosité. Elle monta dans sa voiture, claqua violemment la portière et disparut. Le bruit du tracteur les surprit. Calixte, lui, s'adressa à Amandine et François :

– Il faut m'aider à trouver une solution, ma mère ne vendra jamais.

– Trouvons un fermier, on installera la mère à la Noisetière. Je reviendrai te voir ce soir et nous en reparlerons en tête à tête !

Le tracteur repartit vers son champ, la Safrane des Parisiens vers l'auberge et Marthe se faufila dans son jardin en implorant le pardon aux légumes pour son absence.

– Quelle matinée ! s'écria Guillaume. Elle vous a bien eu la mamie Marthe, je la trouve superbe !

– Tu as le beau rôle, mon fils.

– Je trouve Roquevie terriblement agréable, le terroir dans son parfait accomplissement, les maisons, les granges, le puits. Que de travail pour dessiner l'ensemble ! Une mine d'or pour moi. Chaque chemin, chaque mur, clôture, verger, champ et bois m'attirent. Faites-moi découvrir ce que je ne vois pas, vous qui connaissez tous les endroits, pas vrai ?

– Tu es enthousiaste, ta mère et moi en sommes heureux. Cet après-midi, je t'emmènerai dans la campagne, pendant que ta mère verra son frère.

– Entendu pour la balade, à défaut de la bise à tantine ! Y aurait-il des champignons ?

– Fin juillet n'est pas la bonne période, faut attendre les pluies d'automne.

– Je sais déjà que je reviendrai en automne, j'ai découvert ma famille, je ne la quitterai plus. Les problèmes, ce ne sont pas les miens. Ce que je sais : le village est magnifique, et voilà ce qui compte. Je vais le croquer dans tous les sens. Ah ! j'ai oublié de vous dire, j'ai rompu avec mon Anglaise.

– Trop grande ? lança son père.

– Trop anglaise ! laissa tomber Guillaume.

L'auberge et un menu appétissant les attendaient. La conversation tourna autour de Marthe et de sa folle prestation. L'essentiel demeurait l'exploitation de la ferme. Les Vaillargues n'avaient pas de solution, Amandine et François parlèrent de leur enfance à ce fils avide de confidences ; pour la première fois réunis loin des affaires, ils avaient oublié le Chemin des vents.

– Tes amis d'enfance, les as-tu retrouvés ? dit Guillaume à son père.

– En fait, je ne les ai pas recherchés, ils m'ont certainement oublié.

– Et toi, les as-tu oubliés ? En es-tu sûr ?

– Non, les jours passent et, petit à petit, je les imagine les uns après les autres, chacun à la place où je l'ai laissé.

– Ça veut dire qu'eux non plus ne t'ont pas oublié, c'est tout simple, mais tu as une certaine appréhension, ton départ n'a pas entaché ton amitié pour eux ?

– J'aimerais bien rencontrer Marcelle, ajouta Amandine. Sa mère, couturière, a travaillé pour nous. Pendant ce temps nous avons bien fait quelques sottises, avec en plus Marie-Jeanne qui nous faisait toujours rire avec ses histoires de garçons.

Le temps du déjeuner fut bien court, embelli d'images venues de la malle à souvenirs.

– Pendant que ta mère sera à Roquevie, nous ferons un détour par la boutique du père Canabex. Sa fille nous laissera peut-être entrer dans son atelier. Tu sauras ainsi où fut inventée et fabriquée la boîte à mots dont je t'ai si souvent parlé lorsque tu étais à l'école.

– La boîte à mots, la revoilà ! Et le chien Mystère ?

– Il faut y croire. Tu le rencontreras peut-être. Moi aussi, j'ai bien cru qu'il se frottait à mes jambes le jour où j'ai revu la fontaine au cresson. Ça ne s'explique pas...

9

Des nuages blancs traînaient dans la chaleur du ciel. Des orages prévus par la météo s'annonçaient. Père et fils traversèrent le bourg pour rejoindre Mazarguil. La maison du père Canabex n'avait pas changé, blanche avec un toit gris, basse comme un vieillard penché, et, accolé à sa droite, l'atelier.

Malgré l'heure hâtive, François frappa à la porte. François confia à Simone Canabex l'envie de revoir l'atelier du sabotier et de le montrer à son fils.

Simone acquiesça puis s'adressa à Guillaume :

– Mon père estimait tant le vôtre, il en parlait souvent. Il connaissait sa réussite à Paris. Le temps a passé et l'a emporté un jour, comme tout le monde. Je suis revenue peu de temps avant sa mort, quelques mois, et j'ai regretté de ne pas avoir été plus tôt auprès de lui, dit-elle en s'adressant cette fois-ci à François. Mais je vous ennuie avec mes histoires, venez visiter son atelier. Je suis certaine que, de là-haut, il est heureux de votre visite.

On ouvrit la porte difficilement. Une odeur de

renfermé s'en échappa et le jour pénétra dans le désordre, dans cette obscurité froide des choses renfermées.

– Je n'y entre jamais, dit Simone Canabex, tout est comme il l'a laissé.

– J'ai passé de longs moments ici, dit François, gêné de pénétrer dans ce lieu orphelin du maître. M. Canabex m'avait appris l'art et la manière de façonner, réaliser des sabots de bois.

– Tu saurais encore ? dit Guillaume.

– Je pourrais te dire, face à tous ces matériaux, ces outils accrochés çà et là, comment il procédait.

– Ça m'intéresse, vas-y, ça ne vous gêne pas, madame ?

– Bien au contraire, j'en serais ravie.

François raconta à son fils :

– Tout se passait dans cette remise où la lumière entrait par les portes toujours ouvertes, les vitres étant opaques et la fenêtre encombrée. Sur des étagères séchaient des sabots, des morceaux de bois, des planches dont il ne savait que faire, des produits divers, des outils. Au milieu, trônait le billot – ou chèvre, cette espèce d'établi que tu vois là – qui est constitué d'une souche montée sur trois pieds, muni d'un anneau métallique servant de pivot au paroir, cette grande lame tranchante, et complété d'une presse à vis avec des mâchoires, sortes de pinces qui maintenaient fermement les sabots pendant leur creusement. Le paroir est une pièce considérable, peut-être la plus importante pour le sabotier.

– Il travaillait debout ?

– Oui, protégé d'un tablier de toile bleue où quelques copeaux légers, et si fins parfois, se suspendaient en tortillons étranges par des pattes invisibles ; le plancher en grosses lames de chêne que tu vois encore aujourd'hui s'usait lentement sous les pas du sabotier, encombré de chutes, de morceaux de bois divers. Les variétés utilisées : le bouleau, le pin et le sapin pour leur imperméabilité, le fayard ou hêtre, l'aulne, le frêne et, pour les articles de luxe, si l'on peut dire, le chêne ou le noyer plus durs et plus résistants, mais difficiles à travailler pour les mêmes raisons. La qualité supérieure s'obtenait dans des tronçons de bois de quatre-vingts centimètres de diamètre, en évitant l'aubier très tendre, c'est-à-dire le cœur.

– Et cet outil, là ?

– La hache à bûcher sert à la première esquisse, puis l'herminette façonne les ébauches, et le paroir entre en jeu et taille l'extérieur du sabot, pied droit et pied gauche.

– Mon père disait que c'est dans le maniement du paroir que l'on peut admirer la dextérité du maître artisan.

– Vous avez raison, c'est ce qu'il me disait aussi. La pièce de bois ébauchée, fixée entre les mâchoires de la presse, était percée et pénétrée par cet outil ; la tarière puis la rouanne creusaient la pointe. Les cuillères que vous voyez là agrandissaient, modulaient et affinaient l'espace qui accueillait l'avant-pied. Saisi par un bras puissant et une main sûre, le boutoir, ici, creusait le talon.

– Tu es incroyable, papa !

– M. Canabex avait l'œil, la main et la maîtrise pour parfaire les lignes ; tantôt la gauche, tantôt la droite, les formes précises naissaient de cette science, merveilleuse à mes yeux, qui transformait des blocs de bois si ordinaires en une paire de sabots.

Simone Canabex et Guillaume, excellents auditeurs, écoutaient, aussi surpris l'un que l'autre.

– J'aimais ce parfum de sève, cette trace de vie prisonnière. Plus tard, après un séchage, l'artisan ajoutait et fixait une bride de cuir. Selon le modèle de la chaussure, ce serait la bride simple, ou la normande, l'alençonnaise, les cintrées, et j'en oublie certainement.

– Heureusement que tu en oublies.

Puis François compléta ses souvenirs en indiquant que les sabots étaient décorés à la rainette, sculptés parfois avec des motifs de fleurs, de feuilles, de fruits, de fougères. Certains les ferraient de clous pour les rendre plus résistants.

Pour terminer, les sabots étaient parfois teintés, vernis ou peints ; M. Canabex marquait son travail avec une minuscule sculpture en forme de feuille de chêne, entre le talon et le plat du pied, endroit qui ne touche pas le sol. Le dernier détail avait souligné le maître, c'était le jour de la vente, le dernier coup de cuillère éliminant le dernier point dur, pour obtenir le confort du pied du client.

– Jamais je n'ai appris tant de détails sur le métier de mon père. Il vient de revivre un instant, grâce à toi, François, merci.

Guillaume regardait son père, cet homme qu'il découvrait un peu quand il parlait de son passé, ce qui n'était pas dans ses habitudes.

– Mon père m'avait recommandé, avant de mourir, la chose suivante : lorsque François reviendra, car il reviendra, il y a une petite boîte que tu lui remettras. Elle est sur l'étagère du haut, pliée dans le journal *La Montagne*. Regarde si tu la trouves, tu te souviens ?

– Si je me rappelle ! La boîte à mots.

François retint son émotion. Le père Canabex ne l'avait pas oublié, comme dans un testament. La boîte fut rapidement trouvée. Simone Canabex déplia le papier protecteur et... la tendit à François, non sans l'avoir entrouverte.

– Je crois qu'il n'y a rien à l'intérieur, dit-elle.

– Elle a toujours beaucoup de valeur pour moi, merci infiniment.

Vint l'heure de prendre congé, après maints remerciements d'usage.

– Nous allons suivre un autre chemin pour le retour, je voudrais voir ma maison natale, dit François, si elle existe encore.

Ils s'éloignèrent et, pendant un long moment, ne

dirent mot. François serrait sa boîte, dans son journal d'époque, sous son bras.

– Je n'ai pas osé la regarder de trop près, chez Simone Canabex, mais maintenant voyons...

La boîte à mots prit le soleil. De hêtre verni, sans serrure, en excellent état. François raconta une fois de plus l'histoire de ce coffret à l'intérieur tapissé de velours vert.

– Elle déborde de mots choisis, ils sont là, il faut y croire aussi. Tu es instituteur, exerçant le plus beau métier qui soit, enseigner aux enfants, leur apprendre à lire, écrire.

Il referma lentement la boîte, la tendit à Guillaume.

– Tiens, elle est à toi, les mots sont faits pour être transmis, et toi tu fais cela mieux que moi.

– Merci beaucoup. Je raconterai à mes élèves cette fabuleuse histoire, en leur montrant la boîte à mots ! Il y a peut-être une petite place pour d'autres !

François détourna son regard pour cacher son émotion. Plus loin, il s'arrêta et tendit le bras dans la direction d'un groupe de maisons.

– Mes grands-parents habitaient ici. Malheureusement leur maison, déjà ancienne à l'époque, n'existe plus, et l'arbre voisin de leur jardin n'a laissé sa trace que par cette souche...

Le silence fit le reste et tous deux prirent le chemin du retour.

François et son fils promenèrent leur regard sur

les récoltes à venir : le blé, le seigle, les maïs, les pommes de terre, les betteraves...

– Que penses-tu de toutes ces parcelles ensemencées, mon fils ?

– Trop petites certes, mais magnifiques. C'est beau, fort, ça inspire le respect pour ceux qui ont labouré, préparé les terres, puis semé ou planté.

– Tu aimes donc la terre ? dit François avec un sourire de satisfaction.

– On peut aimer le métier d'instituteur et la terre.

Parce que Guillaume savait regarder la campagne, son père en tirait une certaine fierté. Le sentait-il plus proche de lui ?

– Je voudrais photographier, dessiner ces chemins, ces clôtures, ces arbres ; ces hameaux sont splendides.

Tout à leur admiration, ils ne virent pas le temps passer et se retrouvèrent sur la place de l'église, près du bureau de poste. Chacun analysait les images à sa manière, l'un découvrait, l'autre se remémorait. À deux pas de la mairie, sur un banc de pierre, un personnage bien connu : le secrétaire de mairie.

– Celui-là, je l'ai toujours vu, dit François.

Guillaume observait l'église en penchant parfois la tête.

– Elle est bien intégrée au site, mais pas semblable aux autres ; elle n'est pas très ancienne et mérite un croquis.

– Tu n'auras jamais le temps de tout faire.

– Je reviendrai autant de fois qu'il sera nécessaire.

Tu m'as donné ta boîte à mots, je t'offrirai ma collection d'images, un recueil de dessins comme tu n'en as jamais vu !

Le père sourit, plus heureux qu'il n'osait le montrer. Quand ils furent à l'auberge, Amandine les attendait.

– Voici mes hommes, comme je suis heureuse de vous voir ainsi. Et toi, François, tu as même bronzé ! Mais quel est ce trésor que tu serres sous ton bras, Guillaume ?

– La boîte à mots du père Canabex ! Ton mari me l'a donnée. Avant de mourir, M. Canabex avait demandé à sa fille de la remettre un jour à papa parce qu'il savait qu'il reviendrait, te rends-tu compte ?

Amandine rapporta les nouvelles de la journée. Monique s'était rendue à la gendarmerie pour retirer sa plainte et avouer son forfait. La situation se compliquait, on ne retire pas une plainte qui se retourne contre le déposant. Par ailleurs, Antoine Pardissi s'était présenté chez Mme Lavoine l'après-midi même, renouvelant de façon officielle sa proposition, l'augmentant même, affirmant à la propriétaire qu'elle ne trouverait pas meilleure offre. Sans se fâcher, Marthe Lavoine lui avait demandé des nouvelles de son fils Martial, âgé de trente-deux ans et célibataire.

– Que voulez-vous dire, madame Lavoine ?

– Simplement ceci : vous seriez trop heureux

d'avoir la ferme des Lavoine et la bru en même temps ! Je ne suis pas née de la dernière pluie.

– Des sottises, des sornettes, vous croyez à tous ces ragots ?

– Redites-moi ces mots, Antoine Pardissi, en me regardant dans les yeux.

Pour toute réponse, l'Antoine, père du Martial, lui avait dit, sans la regarder :

– Cinquante mille de plus !

– Votre système n'a pas fonctionné, Pardissi.

Celui-ci s'était levé d'un bond. Marthe continua :

– Votre fils a amadoué ma bru qui s'ennuie ici, c'est vrai, pour inciter son mari à quitter la ferme, et après, on est presque propriétaire par voisinage... Qu'avez-vous promis à ma bru pour que le marché se fasse ?

S'étant rapproché de lui, elle l'avait fixé d'un regard terrible. Antoine était devenu vert. Une si petite bonne femme le dominait. Il avança :

– Cent mille en dessous de table, pour elle, mais...

– Ce sera autant d'économisé pour vous. On n'est pas près de se revoir monsieur Antoine Pardissi. Mon pauvre mari ne vous estimait pas, moi non plus !

– Quelle famille ! avait hurlé Pardissi en claquant la porte.

Voilà ce que Marthe Lavoine avait confié à sa fille Amandine.

Une voiture bleue s'arrêta devant l'hôtel. Monique en descendit et se dirigea vers la table occupée par les Parisiens. Ils firent mine de se lever.

– Restez assis, je ne suis pas belle, c'est vrai, ce n'est pas mon jour, dit-elle, le visage tuméfié et les yeux dissimulés par des lunettes noires. Je suis la seule coupable et n'ai rien compris à la situation... je souhaiterais que vous me pardonniez. Je vous ai mal jugés, mal accueillis. Bernard rentre demain matin, alors si vous le vouliez, je vous invite à déjeuner chez moi, avec la mère.

– C'est d'accord, dit Amandine, nous sommes heureux de cette invitation, oui très heureux.

Monique se dirigea vers sa voiture sans ajouter un mot.

Le lendemain, dimanche, vers les onze heures trente, la Safrane des Vaillargues prit la direction de Roquevie. Enfin, la famille était au complet ! Devant la maison des Broussotte, Delphin avait délaissé son empierrement. François et Amandine lui firent un signe de la main auquel il répondit. Mme Lavoine et Monique accueillirent les invités. Calixte avait pris la voiture pour aller chercher son fils à l'arrivée du car. Une bonne odeur de cuisine s'échappait de chez Monique qui, tout heureuse, s'affairait aux préparatifs du repas.

Mme Lavoine prit sa fille par le bras, l'éloigna en lui disant :

– Quelle surprise, ma fille ! Quel revirement !

Peut-être que tout va se mettre d'aplomb maintenant ?

– Il s'en passe des choses ici, maman, le pire serait-il derrière nous ? Il faut l'espérer. Mais où sont mes hommes ?

– On dirait qu'ils se plaisent par ici, ils sont chez eux. Et pour vous à Paris, le bonheur c'est quoi ?

– C'est peut-être de t'avoir encore maman, et d'être là aujourd'hui.

– C'est une drôle de réponse que tu me fais là.

Tandis que le chien embêtait tout le monde avec sa bonne humeur exubérante, Calixte arriva enfin avec son fils Bernard. Hâlé, heureux de rencontrer sa famille, celui-ci manifesta immédiatement une certaine affinité avec Guillaume qui la partagea. Monique invita les convives à se rendre à table. L'amertume des jours précédents envolée, tout paraissait nouveau, dans la joie d'une famille réunie. Au moment des toasts, Monique, embarrassée, voulut prendre la parole :

– Je voudrais... juste un mot...

– Allez vas-y maman, un discours !

– Simplement, trinquons à l'avenir, quel qu'il soit, et pardon pour le passé, j'ai été stupide !

– Qu'est-ce que tu as fait maman pendant que j'étais en vacances ? lui demanda son fils.

– Rien de grave, s'empressa de répondre Marthe Lavoine.

– Rien de grave, mamie ?

– Un oubli, un petit rien. Tout va bien maintenant, nous sommes réunis pour la première fois !

– Il manque tout de même grand-père, mais pourquoi vous n'êtes jamais venus avant ?

Un instant de silence, un de ces moments difficiles où, dit-on, le premier qui parle a perdu.

– Trinquons à ton retour, petit, dit Calixte pour dissiper le trouble. Tu nous raconteras tes vacances en Vendée ?

– Guillaume compte sur toi pour découvrir la campagne et ses environs, n'est-ce pas ? dit Amandine.

– Je préférerais que tu m'apprennes à me brancher sur Internet, si tu veux bien.

– Donnant, donnant. Je t'aide pour Internet, tu me guides dans le pays ?

– Sans aucun problème !

Le déjeuner commença donc dans une ambiance excellente. Melon au porto, jambon de pays, pintades aux pommes rissolées, salade du jardin. Amandine offrit le dessert, un paris-brest magnifique tandis que François avait glissé deux bordeaux sur la desserte. La conversation ? La Noisetière, Paris, la ferme, le travail, les difficultés des agriculteurs et des éleveurs.

– Côté céréales, les agriculteurs seraient moins touchés, qu'en penses-tu ?

– On est tous dans le même pétrin, il faut produire un peu de tout pour survivre : le lait, les veaux, les porcs... et les excédents laitiers nous ont coûté cher.

L'éternelle discussion !

– Allez vous promener, les hommes, on n'a pas besoin de vous dans nos casseroles ! proposa Amandine une fois le café pris.

– Ne nous attendez pas de sitôt, dirent-ils en s'éloignant en direction des terres.

10

La conversation continua, tout en flânant. Calixte et François se souvinrent : c'était... plus de vingt ans auparavant. Tous deux, artistes braconniers, avaient alors pêché (plutôt ramassé) une cinquantaine de minuscules écrevisses dans le ruisseau de l'Estancade. Personne n'aurait accepté de préparer ces bestioles, bien trop petites, aussi imaginèrent-ils de les déposer dans une grosse rigole, peu large, mais assez profonde pour ne jamais tarir.

Ce ruisselet se confondait avec la limite d'une haie de noisetiers qui le protégeait ainsi des regards et se prolongeait, mêlé de ronces et d'arbrisseaux, jusqu'à la vieille grange sans porte de la prade.

–Je ne me suis jamais préoccupé de cette rigole, dit Calixte, je dois te dire que je l'avais complètement oubliée.

–Je souhaite que les autres aient agi de la même manière, mais la braconne va toujours bon train, je pense.

– Ce serait amusant si notre petit élevage avait réussi.

– On y jette un coup d'œil ? Même si on a passé l'âge ? Allez, après tout, on va s'amuser un peu !

Pantalons retroussés jusqu'aux genoux, pieds nus munis d'un bâton pour écarter les herbes folles, les deux compères entreprirent la prospection.

– Fais attention aux serpents, avec cette chaleur, ils traînent parfois vers les points d'eau.

– On va procéder comme autrefois, attrapons une grenouille ou deux.

Les malheureuses reinettes furent sacrifiées selon les méthodes habituelles. Calixte, d'une lame sûre, entailla la peau de façon circulaire, de telle sorte qu'il fut facile de les dépouiller comme un lapin. Deux branchettes les clouèrent au sol, dans le milieu du ruisselet.

– Il n'y a rien de meilleur pour les écrevisses, dit Calixte. Dans un moment nous allons bien voir.

– On est quand même à découvert ici, tu ne crois pas qu'on pourrait nous surprendre ?

– Laisse faire, viens là, c'est un peu plus profond, il y a peut-être un autre trésor là-dessous, des truites je pense.

Le jeu les excitait, faisant remonter les sensations de l'enfance, les interdits. Leurs pieds s'enfonçant parfois dans la prairie trop humide, une vraie tourbière, ils décidèrent de poser pantalon et chemise. En caleçon, ils entreprirent leur exploration. Guillaume et Bernard, qui avaient inspecté la vieille grange, arrivèrent, riant aux éclats de la tenue de leurs aînés.

Ceux-ci, couchés dans l'herbe, plongeaient le bras tout entier dans l'eau, jusqu'à l'épaule parfois. Mais la truite est difficile à prendre, se logeant sous les pierres ou contre une racine. La main doit alors se glisser sous la bête et, lentement, atteindre l'avant du corps, puis la serrer adroitement. Les apprentis n'ont aucune chance s'ils ne respectent pas cette méthode.

Après quelques jurons du meilleur cru, Calixte extirpa de l'eau une magnifique truite de vingt-cinq centimètres et la jeta en arrière.

– Qu'elle est belle ! hurla Bernard, en essayant de la tenir entre ses mains. Ces truites sont magnifiques dans leur robe tachetée de points rouges comme de minuscules fleurs.

– Ce sont des « fario », dit Bernard.

– Tu sais ça toi ? dit son père.

– Hé oui, je le sais ! Je suis de la campagne, moi !

– Dommage que je n'aie pas mon appareil photo, dit Guillaume.

– Cours le chercher et demande à la tante un ou deux sacs plastique, je crois que ça en vaudra la peine.

Guillaume et Bernard partirent vers Roquevie, en discutant de l'exploit de Calixte. Quant aux braconniers, ils fouillaient de leurs mains tous les recoins du petit ruisseau, aplatis sur les bords comme des sangsues.

– J'en ai une, dit François, viens m'aider, elle m'échappe !

Sitôt dit... Au ras de l'eau, tête contre tête, épaule contre épaule, la manœuvre réussit et une deuxième prise alla s'agiter et mourir sur l'herbe.

– Je n'aurais pas pensé qu'ici, dans ce bout d'eau... Ces truites doivent monter au moment du frai et comme c'est profond, certaines y restent.

– On va faire un festin ! Il y a si longtemps que j'en ai perdu le goût.

– Il y a encore de bonnes choses au pays, tu sais !

– Ouais...

Occupés tous deux à leur étrange divertissement, ils ne se souciaient pas du temps qui passait.

François, le Parisien, sortit de belles truites lui aussi.

– Tu vois, ça te revient, ça ne s'oublie pas, c'est comme la bicyclette !

Guillaume et Bernard revenaient déjà en courant, poussant des cris admiratifs en voyant le résultat de la pêche.

– Retournons au trou d'écrevisses, voyons voir, dit Calixte en roulant les *r*.

Plongeant la main dans ce creux profond, il en retira une écrevisse de treize centimètres environ, de la tête à la queue, une « bête » comme il disait, ou bien un « morceau », d'après son vocabulaire. Guillaume photographiait, Bernard pataugeait. L'instituteur n'entra pas dans ce divertissement sauvage, craignant le contact inopiné de quelques grenouilles, serpents ou autres bestioles. Chacun son métier, je suis le « reporter », assurait-il.

Puis d'autres écrevisses, attirées par l'odeur de la chair des grenouilles – système infaillible –, sortirent de leur cachette. Il était facile de prendre celles qui circulaient sur le fond. Pour les autres, sans doute plus prudentes, réfugiées et ancrées dans leur trou de terre ou de pierre, les pinces en avant, elles attendaient les mains des ravisseurs. Il y eut bien quelques pincées, mais au fur et à mesure, les bêtes sortaient de leurs repaires, tels des gourmets en partance pour un festin.

Incroyable qu'un tel trésor soit resté intact, répétaient les pêcheurs. Sept ans sont nécessaires à une écrevisse pour atteindre les neuf centimètres, taille exigée pour la pêche qui se pratique avec des balances à mailles réglementaires et sur quelques jours seulement.

François et Calixte, maculés de boue et de vase jusque sur le visage, heureux comme des écoliers pratiquant l'école buissonnière, ne voyaient plus l'heure passer. Jurons, éclats de voix et de rire, commentaires démesurés, il ne manquait rien. Le bon temps retrouvé ! Ils ne sentaient plus les pincements des écrevisses, ni ne ressentaient l'appréhension de rencontrer un crapaud à la peau rugueuse.

Le sacrifice des grenouilles fut d'un excellent rapport ; une quarantaine de crustacés, tous de dimensions réglementaires s'il vous plaît ! Les petits modèles assureraient l'avenir, dirent les pêcheurs, comme ils l'avaient déjà fait un jour.

Dans le premier sac on plaça des fougères entre les truites – au nombre de dix – pour conserver un semblant de fraîcheur. Quant aux écrevisses, elles faisaient un bruit étrange, un entremêlement de pinces, d'antennes et de carapaces, tandis que luisaient des dizaines de paires d'yeux, dans le deuxième sac devenu bien étroit.

– Je raconterai l'expédition à mes élèves, photos à l'appui, se vanta Guillaume, un vrai reportage, un « Thalassa » d'Auvergne.

Bernard portait les deux sacs, fier comme Artaban.

Les braconniers se décrottèrent à l'eau du ruisselet, dans la bonne humeur ; sur le chemin du retour que d'exclamations joyeuses et d'extrapolations inévitables !

Près des touffes d'herbe et d'ajoncs, des papillons s'envolèrent à leur passage et des milliers de moustiques affamés tentèrent de les dévorer. De gros nuages sombres traînaient dans le ciel, l'orage était proche. En passant près de la serbe noire, ils découvrirent qu'elle était vide.

– On n'y a plus pensé, mais on va replacer la bonde, dit François.

– Pourquoi cette grosse pierre au milieu ? demanda Guillaume.

– Elle recouvre le secret. Lorsqu'il sera découvert, rien n'ira plus, dit ta grand-mère. Et personne n'a bougé la pierre qui, dit-on, pèse plus de deux tonnes.

La bonde reprit sa place, le soleil s'étant frayé un passage entre deux nuages s'offrit le luxe de chauffer encore un instant l'énorme masse de granit.

Les bras griffés à cent endroits – on ne pouvait voir les jambes –, le sourire aux lèvres, ils apparurent à la ferme.

– Si Edouard voyait ça, dit Marthe en découvrant les sacs que Bernard ouvrait devant ses yeux ébahis. Vous n'avez pas perdu la main tous les deux, bah !

Hommes et femmes retrouvaient en cet instant une joie familiale neuve, fraîche et naturelle.

– Du travail pour les cuisinières, lança Bernard.

– Ce soir les truites, demain les écrevisses, dit Monique, ça vous va ?

– C'est le paradis gastronomique ici.

– Si vous voulez « les belles » sur un lit de cresson, débrouillez-vous pour en trouver, les hommes.

Il y avait du bonheur dans la maison, il y eut du cresson sur la table. François, un instant pensif, proposa de porter au voisin Broussotte deux truites, il n'avait pas dû y goûter depuis des lustres. Quand on est heureux, le partage est facile. François et Guillaume se dirigèrent vers la maison des voisins. Dix-huit heures venaient de sonner. Les deux vieux, assis sur leurs chaises, les accueillirent avec le sourire. Les présentations furent vite faites et Guillaume tendit le sac en plastique où, mêlées aux fougères, deux magnifiques truites apparurent.

– Il y a longtemps que je n'en avais pas vu des comme ça.

– C'est pour vous deux, si vous voulez bien.

– Que je suis content, sacrés braconniers que vous êtes.

– Mais qui vous dit que...

– J'ai bien vu tes bras et tes mains, on ne me la fait pas, mais merci beaucoup, je vais les préparer ce soir même. Mais où as-tu ramassé ça ? Et en juillet par-dessus le marché ?

– Un secret.

– Tu vois Julia, ils ont pensé à nous autres les vieux. Vous devez être contents pour la Marthe, moi, je n'en reviens pas... Un de ces jours vous n'aurez qu'à venir prendre l'apéritif tous les deux, on a des choses à se dire.

La vieille n'avait manifesté de curiosité ni pour le sac, ni pour Guillaume. Pas un mot n'avait franchi ses lèvres.

Ce soir-là, la conversation alla bon train chez les Lavoine. Qu'elles furent délicieuses ces truites du pays, dorées dans l'huile, puis caressées de beurre frais, tandis qu'on avait glissé à l'intérieur avec le sel et le poivre, un brin de romarin ; leur succédèrent une salade fraîchement cueillie et le fromage : le cantal obligatoire. Pour arroser le tout, un rouge plutôt piquant. Que pouvaient-ils souhaiter de plus ?

– Je commencerai à débarrasser la Noisetière demain, dit François. Qu'en pensez-vous ?

– Ce serait bien de le faire, dit Mme Lavoine.

– Que je sois utile au moins un jour.

– La propriété entière a besoin de renouveau. Mes enfants, vous êtes tous réunis, alors profitez-en pour en parler.

Guillaume et Bernard rejoignirent l'ordinateur et leurs parents discutèrent des affaires de la ferme. Calixte ne se voyait pas d'avenir ici. La conversation revenait sans cesse sur les prés, les champs, la surface des terres, les bêtes. François s'informait sur tous les points, proposant des solutions à son beau-frère.

Vendre ? Marthe Lavoine ne supporterait pas. La terre familiale ne se cède pas à des étrangers. Restait la solution d'installer un fermier, mais que deviendrait la mère dans ce cas ? L'aménagement de la Noisetière s'avérait prioritaire, permettant de créer un logement supplémentaire le cas échéant.

Un peu plus tard, Amandine demanda à sa mère de lui confier les plans de la propriété.

– Ne t'inquiète donc pas, c'est juste parce qu'on ne connaît pas tout à fait la terre où nous avons grandi.

– Je ne vendrai pas, tu le sais.

– Oui maman, nous le savons tous !

Que de détermination sur le visage de cette femme, maîtresse du domaine, soucieuse de l'avenir de son patrimoine !

Déployé sur la table, le relevé des plans cadastraux

indiquait le numéro des sections et des parcelles de la ferme et leur usage : prairie, champs, taillis, landes, etc.

– Impressionnant n'est-ce pas Calixte ? Tout y est, la dénomination des parcelles, leur exposition, les voisinages, les accès.

– Il me semble qu'ici ce n'était pas à nous, dit Amandine, mais je me trompe certainement.

– Tu ne te trompes pas, le remembrement est passé par là et quelques modifications se sont imposées, par exemple cette terre appartenait aux Broussotte autrefois, nous l'avons échangée contre celle-ci, non sans discussions car personne n'aime échanger sa terre contre une autre. Celle-ci est maintenant à nous en échange du lopin de Chanteperdrix, tu te souviens ? C'était la propriété des Pardissi, et celui-là la regrette bien, elle était facile à travailler, mais la loi, c'est la loi !

Au nom de Pardissi, Monique devint blême, mais chacun fut discret.

– Qu'est-ce qui rapporte le plus ici ?

– Il faut faire un peu de tout, élevage et culture, comme tout le monde.

– L'un ou l'autre ne suffirait-il pas ?

– L'élevage en ce moment est en pleine crise, quant aux céréales, on n'est pas assez équipés en matériels, et les terres...

– Voir l'ensemble sur un plan, c'est beau, dit Monique à la surprise générale ; ces lignes, ces tracés, les maisons, les chemins, tout paraît si simple à vivre !

– Toi, tu nous dis ça ? Incroyable !

– Je dis que ça me plaît, c'est tout.

– Là, sur ce papier silencieux, toute la vie des Lavoine et des ancêtres. Combien la surface totale représente-t-elle ? questionna Amandine.

– Voilà que les femmes s'en mêlent, fit remarquer François en souriant.

– Toutes terres confondues, cela doit couvrir quarante-cinq hectares.

– Quarante-cinq hectares ! s'écria Guillaume qui ouvrit grands les yeux.

– Ce n'est pas immense mais bien disposé, bien exposé, peu de dénivellations, juste ce qu'il faut.

– La Noisetière ? dit François en montrant le petit rectangle qui la représentait.

– Oui, c'est là.

Le silence s'installa, favorisant la réflexion de chacun. Avec le plan des terres, le titre de propriété fut consulté. On découvrit les origines des biens, les copies des actes d'adjonction de certaines parcelles par M. Lavoine. Tout ceci représentait la vie de la famille et sa fierté. Le respect s'imposait face à ces documents. À la surprise générale, Monique prit la parole :

– Je retire ce que j'ai dit l'autre jour au sujet de la part d'héritage, veuillez me pardonner.

– On dit tous des sottises un jour ou l'autre, n'y

pense plus. Que peut-on faire aujourd'hui, concrètement ? dit Amandine.

– Trouver un fermier ou mettre en place des solutions de relance de l'affaire, dit Calixte, tout en repliant délicatement les documents. Les Broussotte ont abandonné parce qu'ils sont vieux, têtus et surtout parce qu'ils n'ont pas d'enfants. Ils ne veulent ni partir ni mettre en fermage.

– Et toi tu veux devenir transporteur ?

– Tu es bien cafetier à Paris !

– Oui, comme tous les Auvergnats de Paris, ou presque. Mais parfois nous en avons par-dessus la tête de cette vie. Boulot, boulot, boulot ! Du matin au soir enfermé, ça fume, ça raconte n'importe quoi, ça se soûle, et parfois ça cogne aussi. Du monde toute la journée, dans la rue : des gens dans la rue, dans le métro, partout des attentats, des policiers, du bruit sans arrêt, et nous aussi on fonctionne sans arrêt et même, on fonce !

Son ton était devenu âpre, soucieux. Amandine n'ajouta pas un mot, devinant que son mari craquait, replongé dans son pays, dans les soucis de la famille.

– Une dernière goutte ? dit Calixte, la nuit portera conseil. Demain, il fera jour.

– Demain il fera jour ! ça c'est sûr, reprit Guillaume, trouvant là un argument sans appel.

– Si au moins tu aimais la terre, Guillaume, je t'aurais embauché !

– Je l'aime, j'en suis sûr, mais je n'y connais rien.

Les rires détendirent l'atmosphère.

La nuit chaude de l'été avait recouvert tout le pays. Le ciel encombré de nuages n'avait pas dit son dernier mot. La lueur des phares dessina des images dans l'obscurité. Minuit au clocher de l'église ! L'hôtel immobile, silencieux, les prit sous son aile et le sommeil envahit la pensée de tous les Vaillargues.

11

Le lendemain, père et fils se dirigèrent vers la Noisetière et commencèrent son déblaiement. Les Lavoine, partis aux champs, avaient laissé la maison à garder à la mère, comme d'habitude.

François et Guillaume entrèrent dans la chaumière en ruine.

– Faisons le vide, sortons tout ce qui embarrasse.

– Y a du boulot, dit Guillaume. Tu as donc vécu dans cette maison ? Explique-moi comment vous viviez ici, où se situait ta chambre, celle de ma grand-mère.

François hésitait à répondre. Sa gorge se serrait. Guillaume lui dit :

– Excuse-moi, je suis stupide.

Le temps avait rapetissé les choses : morceaux de bois, débris de meubles, de chevrons calcinés ; tout fut jeté, entassé à l'extérieur. On retrouva même des tuiles tombées jadis de la toiture en feu. Et là, sous les gravats, une caisse peu endommagée attira l'attention de François. Il souleva délicatement le couvercle et quelle ne fut pas sa surprise de découvrir, presque intacts, des sabots de bois.

– C'est un miracle, dit-il, un vrai miracle !

Ses mains se tendirent vers ces objets noircis par le temps et l'humidité, mais si précieux. Il se souvint des mots de sa mère : « Il ne me reste que des sabots, c'est tout ce que j'ai de lui, et toi bien sûr... » Il les posa délicatement sur le sol, les essuya de ses mains nues. « Les sabots de mon père ! » répétait-il. En les regardant attentivement, il remarqua la marque du fabricant, la marque de M. Canabex, le sabotier de Mazarguil. Pas possible, se dit-il, ils se connaissaient peut-être ! Guillaume vit son trouble et s'approcha.

– Oh ! quels superbes sabots, je peux ?

– Un jour je te les donnerai, mais aujourd'hui c'est la seule chose que je retrouve et j'y tiens énormément.

Profondément ému, François continua la besogne.

Manches retroussées, tous deux firent du bon travail. Quand Mme Lavoine vint à eux, histoire de voir, elle fut surprise de l'état du chantier. Par les ouvertures s'échappaient les odeurs d'humidité du plancher, conservé on ne savait comment.

– Il lui faudra bien du temps pour sécher, mais vous avez fait du bon travail. Tiens, tu as trouvé des sabots ? dit-elle.

Puis sans attendre, ou plutôt ne souhaitant pas de réponse, elle s'éloigna. Au bout de trois heures de labeur, tout fut dehors. La misère au soleil.

– On prendra le tracteur et sa remorque, et on se débarrassera de tout ça, fit François.

– Tu ne préfères pas le brûler ?

– Non, assez de feu comme ça ici.

– Pardon, papa.

– Cet après-midi, on terminera l'ouvrage. C'est midi, on rentre. Maman a fait sa grasse matinée aujourd'hui et doit nous attendre.

Passant devant la porte de la maison Lavoine, mamie leur rappela :

– À cinq heures, Monique vous invite pour les écrevisses, n'oubliez pas !

– On mange toujours de bonnes choses ici, papa !

– À la campagne, y a du bon tu sais... Côté négatif, regarde le ciel, l'orage éclatera avant la nuit, tu vas voir l'humeur de ton oncle !

Arrivés chez Broussotte, ils le virent attelé à sa brouette. Un bonjour rapide de la main, un geste significatif du pouce. On s'était compris.

– Ce vieux est décidément increvable, dit Guillaume.

– Il n'est pas satisfait de sa vie. En travaillant ainsi, il y pense moins. Je l'aime bien ce bonhomme, je ne sais pas pourquoi...

– Habitait-il ici quand tu étais enfant ?

– Je les ai toujours connus, lui et sa Julia. Des travailleurs, comme tant d'autres à la campagne, mais jamais heureux, je parle de Delphin, toujours en manque de quelque chose. Ma mère l'estimait, ce qui n'était pas le cas pour sa femme.

– Elle ne me plaît guère, ça ne passe pas. Dans son regard il y a quelque chose qui inspire la crainte.

– Ne t'inquiète donc pas, nous serons bientôt à Paris. La Julia, tu oublieras vite son regard...

– En es-tu sûr, papa ?

Point de réponse, un sourire au coin des lèvres.

La voiture reprit le chemin du bourg, lentement, sous les grands hêtres. Le plan d'eau s'amusait à copier le dessin des nuages, tandis que, sur les bords bien aménagés, quelques tentes de campeurs coloraient le tableau. Plus loin encore, près du ruisseau qui serpente nonchalamment le long du chemin, le vieux moulin, noir et triste comme ses vieilles pierres, s'accommodait de ses voisins les chênes, ses amis. L'étang qui lui avait fourni sa force naturelle avait disparu, comblé, devenu terre à jardin.

– Autrefois, pendant les hivers rigoureux, j'ai marché sur l'étang gelé. Un étang bordé de roseaux, d'iris autour desquels les libellules exécutaient leurs ballets en tutu bleu et or, aux fortes chaleurs de l'été. Maintenant, un simple ruisselet glisse sous le moulin et réapparaît de ce côté, morose et futile.

– Et là ? Ce doit être une bergerie avec tous ces moutons, ces abris vieillots, ces tas de bois, ce désordre ?

– Le progrès ne les a pas trahis ceux-là. Oui, Mme Trepsy a toujours élevé des moutons et, du plus loin que je me souvienne, on la rencontrait sur les chemins de Roquevie, de Fontbasse et dans les landes, vers Bescailloux... Son troupeau broutait les haies, les bords des prés et parfois les champs où c'était défendu, mais elle ne pouvait être partout à la fois, comme elle disait... Ses brebis ne le lui reprochaient pas !

– Je viendrai croquer ce moulin, mais je crois que je veux trop entreprendre, la tâche s'annonce considérable.

François sourit, sans doute heureux que son fils unique se passionnât pour la terre de son enfance. Devant l'hôtel, ils flânèrent un moment. Des bonjours par-ci, quelques mots par-là, petit à petit on le saluait, le reconnaissait. À sa grande surprise, on lui témoignait de l'amitié et de la sympathie. Lui-même cherchait-il à se rassurer ? L'énigme non résolue de l'appel téléphonique le tourmentait.

Il récupéra les sabots dans le coffre de sa voiture et les emporta dans sa chambre. Amandine, fort surprise, écouta l'histoire de leur découverte et fut aussi fière que son mari de cette aubaine.

– On dirait qu'ils n'ont pas été portés, dit-elle.

– C'est vrai. Je pense qu'elle désirait les lui offrir.

Le déjeuner terminé, François et Guillaume décidèrent, malgré le ciel menaçant, de partir à pied vers la Noisetière. Amandine les rejoindrait vers dix-sept heures.

– Prends ton appareil photo, tu ne le regretteras pas.

– Tu es increvable papa, en pleine forme !

– L'air de l'Auvergne semble me réussir, profitons-en, nous passerons par les bois et les champs.

– J'aime bien fouler la terre de mes ancêtres, glisser mes pieds dans les leurs, imaginer...

Chauds les chemins de juillet, à la poussière cuite par le soleil, tout bourdonnants d'insectes. Déjà les blés fortement jaunis se préparaient à leur destin. Guillaume prenait cliché sur cliché, coquelicots aux pétales de soie fripés et si fragiles que seul le vent a le droit de les toucher, bleuets plus résistants, marguerites pour les je-t'aime-un-peu..., aubépines, boutons d'or vautrés dans un nid humide, bref ! tout ce qui fait une merveilleuse histoire pastorale. Longeant la garrigue de Bescailloux, François tira son fils par la manche, comme on fait pour un enfant, et lui montra un très vieil arbre, pas tout à fait semblable aux autres. S'approchant, Guillaume dit :

– On dirait un humain, un vieil homme, c'est bien étrange.

– C'est le sage de Bescailloux, dit-on. Je craignais qu'il n'existe plus, mais il est encore magnifique.

– Là, ses bras, ses coudes, et son... j'allais dire son visage, et ses racines déterrées : ses genoux pliés, comme il est triste et extraordinaire !

– Cet arbre est une curiosité, tu vas tirer son portrait, dit François en riant.

– Inventé pour un dessin animé de Walt Disney, avec son immense perruque, triste, les yeux baissés, un visage buriné par l'âge, magnifique et inquiétant.

– Je savais qu'il t'intéresserait.

– Tu en as beaucoup de secrets à me transmettre ?

Nous découvrons chaque jour des choses formidables !

– Dans quelques jours, peut-être, rencontrerons-nous Mystère ? Mais il est encore trop tôt.

– On dirait que tu n'es jamais parti d'ici, papa. Tu observes, tu regardes, tu connais tout, et je vois bien que tu es heureux ces temps-ci. Et moi, je redeviens un môme à te suivre !

12

Le père et le fils devisaient, assis non loin de l'étrange arbre. François était muni d'un bâton sommairement dégrossi et le promenait machinalement dans les herbes rares.

– Regarde bien ces brins d'herbe, en particulier ceux-ci, dit-il à son fils.

Guillaume se rapprocha davantage.

– Au bout de la racine de cette plante si fragile, tu trouveras un tubercule que tu peux manger cru, si tu arrives à le déterrer.

– Encore un de tes trucs ?

Guillaume, fort maladroit, creusa, arracha la plante, mais rien au bout.

– La racine est si fine, fragile, que tu n'y arriveras pas de cette manière.

Et François montra la manière en soulevant la terre avec son bâton planté près de la plante. Ce fut la découverte de la chose, bien petite, de la grosseur d'une bille.

– Voilà les noix de terre [1], certaines sont plus volumineuses que d'autres. Tu les pèles bien délicatement et tu les croques.

Guillaume s'exécuta, tout heureux de cette découverte.

– Le goût est original, j'aime assez, maman connaît ?

– Tous les gens des campagnes connaissent, tous les pâtres en ont mangé, en patois on appelle ça des « ornuchous ». Si tu exagères leur consommation, tu auras mal à la tête.

– Peut-on en faire une omelette ?

– Je n'ai jamais essayé, demande à ta mamie de faire l'essai, elle sera trop heureuse que tu lui demandes conseil.

– Pour de bon ?

– Ce sera une première, tu pourras raconter à tes élèves : l'omelette aux noix de terre !

Un secret de plus. Qui fut le plus joyeux des deux ? Celui qui transmit ou celui qui reçut ? Prestement, Guillaume se mit à l'ouvrage et déterra une vingtaine de ces tubercules qu'il mit dans sa poche. Son père sourit, et la promenade continua, mais le temps orageux les fit se rapprocher de Roquevie. Ils traversèrent la prade de Fontbasse, ignorèrent le ruisselet aux trésors qu'il ne fallait signaler à personne, rejoignirent les petites landes et arrivèrent au hameau. Amandine bavardait avec sa mère.

1. Nom scientifique : *carum bulbo castanum.*

Calixte et Monique s'empressaient de botteler le dernier foin. Une machine enroulait les cordes de graminées, les ficelait et les entourait d'une enveloppe de plastique, ce qui permettait de conserver la denrée sur place, évitant ainsi le transport et le stockage.

– Calixte a pensé que tu serais content, il a débarrassé une partie des gravats de la Noisetière, c'est mieux comme ça, qu'en penses-tu ? Il a déjeuné sur le pouce ensuite, expliqua Marthe.

François acquiesça.

– Mamie, je voudrais te demander quelque chose de bien particulier, dit Guillaume.

Tirant de sa poche quelques noix de terre :

– Des ornuchous, dit Marthe Lavoine, il y a bien longtemps que je n'en ai vus, tu les as goûtés ?

– Oui, c'est bon, mais je voudrais que tu m'aides pour un essai.

– Quel essai ? s'écria Bernard qui déboula on ne sait d'où.

– Des ornuchous, enfin des noix de terre, et je voudrais que mamie m'aide pour faire une omelette.

– Par exemple..., tu n'y penses pas sérieusement ?

– Si mamie, je voudrais essayer.

– D'accord, après tout on ne risque pas grand-chose. Qui en goûtera ?

François, Guillaume et Bernard levèrent le doigt, comme à l'école.

– Et toi ma fille, ça ne te tente pas ?

– J'attends de voir...

– Épluchez-moi tout ça, il ne sera pas dit que j'ai refusé un essai. Une omelette aux ornuchous, Sainte Vierge ! Heureusement qu'après il y aura des écrevisses, je connais davantage.

Aussitôt dit, aussitôt fait.

L'huile dans la poêle frissonnait. Mamie battit trois œufs dans un gros bol en céramique. Les noix de terre coupées en deux furent jetées dans la poêle. Mamie ajusta les lunettes de son défunt mari et observa comme les autres. Les œufs battus, salés et poivrés, noyèrent les ornuchous.

– Prépare les assiettes, Amandine, pour les inventeurs, et pour les autres aussi, pour goûter.

Une bonne odeur se répandit dans la pièce. L'omelette fut retournée avec dextérité.

– Maintenant c'est à vous autres, allez-y, servez-vous.

– L'instant est solennel, dit Guillaume. À toi Bernard... alors ?

Sans attendre, François goûta et Guillaume fit de même.

– Excellent, mamie, excellent, tu devrais goûter...

Mamie et Amandine se firent prier, hésitèrent mais succombèrent à la tentation.

– Elle n'a qu'un défaut cette omelette, sa petitesse, ajouta mamie.

– Génial, dit Bernard.

– Il n'a que ce mot à la bouche celui-là, génial ! Mais je dois t'avouer, Guillaume, que tu as bien fait d'insister. Tu pourras recommencer ; en attendant, prends donc un verre de rouge.

Bernard ajouta :

– Ce plat portera ton nom : l'omelette Guillaume ! Ce sera génial ! Tu la feras pour mes parents, d'accord ? Faut bien qu'ils sachent.

Promesse fut faite.

Dehors, le ciel de plomb s'affaissait. Quelques éclairs timides, et de grosses gouttes claquèrent sur le toit du hangar. Le tonnerre se manifesta et la pluie arriva. Calixte et Monique ne tardèrent pas, agrippés à leur machine. Ils s'excusèrent du retard tandis qu'on les mettait au courant de l'omelette Guillaume. Monique entreprit de cuisiner les écrevisses. Elle prépara un court-bouillon avec les ingrédients nécessaires. Un oignon, deux ou trois clous de girofle, trois carottes, un peu de muscade râpée, sel et poivre, un bouquet garni et trois bons verres de vin blanc sec. L'oignon et les carottes furent épluchés et finement hachés. Puis Monique prépara la sauteuse dans laquelle elle versa le vin blanc, le hachis.

À feu vif, elle fit réduire environ dix minutes. Elle ajouta les écrevisses qui rougirent immédiatement. Guillaume notait dans sa tête toutes les étapes. Dix minutes de cuisson suffirent et déjà les bestioles splendides et fumantes rejoignirent le plat de service. Monique versa dessus la sauce bien chaude, après l'avoir passée au chinois.

Regards admiratifs, compliments, autour de la

table des Lavoine. Le vin blanc accompagna le tout et chacun fut heureux de consommer les fruits du braconnage. Ils avaient oublié la pluie qui maintenant redoublait de violence. Puis les éclairs et les coups de tonnerre décuplèrent, le ciel s'ouvrit sur Roquevie et la Noisetière. Soudain une femme apparut dans l'encadrement de la porte restée ouverte.

– Venez vite, c'est Delphin, vite, venez m'aider ! Delphin est tombé dans le chemin, je ne peux plus le relever.

Calixte et François, suivis de Guillaume, se précipitèrent. L'orage donnait toute sa force, pluie, éclairs, tonnerre. Broussotte, écroulé dans les pierres auprès de sa brouette, gémissait, le visage ruisselant de sang.

– Bon Dieu ! disait-il, je ne peux pas m'en sortir tout seul.

– Du calme, monsieur Broussotte, nous sommes là. On va vous transporter à la maison.

Julia, qui s'était approchée, lui disait :

– Ce n'est rien, ce n'est rien, ne t'énerve pas !

– Toi, rentre à la maison, appelle le docteur, tu vois pas que je souffre !

Elle s'exécuta. Les trois hommes, sous le déluge, le transportèrent chez lui, l'installèrent sur une chaise. Souffrant d'une cheville, Delphin gémissait lamentablement comme un gosse. Julia lui lava le visage. Une entaille sur le front, une énorme bosse sur le crâne, voilà pour les séquelles apparentes.

– C'est à cause de cette brouette, je me suis...

– Si tu te tenais tranquille, elle pouvait bien rester sous la pluie cette brouette, tu es insupportable avec ces pierres.

Delphin avait eu très peur, l'avouant bien volontiers. On lui changea ses vêtements trempés ; les « sauveteurs » échangèrent des regards complices et eurent bien du mal à étouffer leur fou rire quand ils lui enlevèrent ses chaussettes...

Trois quarts d'heure plus tard, le médecin annonça son diagnostic : entorse à la cheville, plaie ouverte à la tête, à laquelle il fit cinq points sur-le-champ, et une énorme bosse sur le crâne. Rien qui pût mettre la vie de Delphin en danger.

– Vous n'y êtes pas allé de main morte monsieur Broussotte, dit le médecin, mais on sait que vous avez la tête dure... et tant mieux pour vous !

– J'ai bien failli mourir, docteur !

– Il en faudrait bien plus, vous ferez un magnifique centenaire !

– Je n'en suis pas certain, ça ne sert pas à grand-chose vous savez, sauf à faire des impotents.

L'alerte étant passée, les voisins repartirent, remerciés par Julia.

– Viens me voir demain François, si tu peux bien sûr, dit Delphin.

Un geste de la main pour dire oui, un sourire, et la porte se referma.

– Que d'émotions, dit Guillaume, chaque jour nous vivons un événement. Tiens, voilà que l'orage s'arrête maintenant.

– En juillet, ils sont violents, mais de courte durée. Parfois ils couchent les blés, les foins non encore fauchés.

La terre renvoyait l'eau, ça sentait la chaleur qui remontait du sol. Des vapeurs glissaient doucement sur les jardins, sous les arbres il pleuvait encore. Des trous clairs naissaient entre les nuages moins sombres. Vingt heures passées et le ciel plus haut demeurait clair.

– On dormira mieux cette nuit, annonça Marthe Lavoine.

Les Parisiens remercièrent Monique pour la préparation des écrevisses et mamie pour l'omelette. La voiture fut éclaboussée de grosses gouttes d'eau dégringolant des hêtres et, sur le lac, une brume légère hésitait à prendre le bon chemin. Guillaume, excité par les circonstances et tout ce qu'il vivait :

– Je n'aurai jamais le temps de dessiner, demain je vais m'y atteler.

– Demain journée calme. Le matin, j'irai prendre des nouvelles de Broussotte comme promis et c'est tout. D'accord Madie ? dit François.

– J'irai voir ma mère, elle a envie de parler, ce n'est pas si souvent.

13

Quelques nuages blancs traînaient encore dans le ciel, en ce matin de juillet. François Vaillargues servit lui-même le petit déjeuner à son épouse sur un plateau où avait été glissée une rose encore humide de rosée.

– Pour madame Vaillargues, avec les meilleurs sentiments de son époux, dit-il en exécutant une révérence.

Amandine retrouvait son mari, presque comme au temps de leurs vingt ans. La journée s'annonçait belle, et Amandine était magnifique, taquinée par un rayon de soleil. François se rendit comme convenu chez Broussotte, non sans avoir salué sa belle-famille. Il trouva Delphin dans son lit, geignant.

– Mon pauvre François, j'ai mal partout. Je ne sais pas si je vais m'en sortir, la tête fait du bruit, et ma cheville n'en parlons pas.

– Dans une semaine, vous serez remis de tous ces malheurs !

– Quand ça m'est arrivé, j'ai cru que c'était fini pour moi, et j'ai pensé à toi, il faut que je te parle, tire donc la porte et approche-toi.

Il avait une drôle de tête le Delphin Broussotte et ne semblait pas très à l'aise. Il rajusta sa couverture lentement et dit :

– Prends donc la chaise et assieds-toi, rapproche-toi un peu. Je voudrais te parler de l'homme... de ton père. Sais-tu qui c'est ?

François, interloqué, fit non de la tête. Delphin détourna le regard, hésitant.

– Il faut bien que quelqu'un te le dise, et je crois qu'il n'y a que moi maintenant qui sais.

Vaillargues respira profondément. Serait-ce Delphin ?

– Ton père est revenu un jour, après ton départ. Il a frappé à ma porte, il s'appelait... François, François Lateille. Je lui ai dit ce qui s'était passé, ton départ. Je l'avais déjà vu, cet homme, et je ne l'aimais pas. Je lui en voulais de t'avoir abandonné.

Delphin marqua un silence, puis :

– Le lendemain, c'était la foire à Galassière. On s'est revus au café et on a bu, sans trop savoir pourquoi, en parlant de ta mère.

– Qu'a-t-il dit ?

– Ce que je sais et que je peux te dire, c'est qu'il a été le seul qu'elle ait aimé. Mais je ne rapporterai pas ses propos, les choses qu'il a dites.

– Pourquoi ?

– Oh ! C'est sans importance ; alors on a bu, on

s'est cognés, à cause de ce qu'il disait, parce qu'au fond, il ne pouvait pas le penser. Et puis on a bu encore, et on s'est battus, nous étions soûls comme des barriques. On se battait pour le même souvenir, prêts à mourir pour la même femme, même si elle n'était plus, hélas ! On nous a jetés dehors comme des chiens, il faisait très froid. Je suis rentré je ne sais comment.

– Et lui ?

– Lui, c'est là le drame, mon pauvre François. On l'a trouvé mort de froid, à quelques mètres de l'endroit où l'on s'était battus !

François baissait la tête, ses yeux ne quittaient plus les lames du vieux plancher. Il dit alors :

– Ce n'est pas possible...

Delphin fit oui d'un mouvement de la tête, puis :

– Il ne m'a pas dit d'où il venait, mais il avait des ennuis et c'est moi qui l'ai tué... Sans le vouloir, je l'ai laissé mourir dans le froid !

– Vous ne pouviez le savoir.

– Si j'avais pu prévoir, mon pauvre... Maintenant tu connais la vérité, pardonne-moi, pardonne-moi, François !

Et le vieil homme mal rasé se mit à pleurer. Ne trouvant d'autres mots, il essuyait ses larmes d'un mouchoir de batiste à carreaux bleus.

François dirigea son regard vers la clarté de la fenêtre, cherchant à déchiffrer une autre explication.

– Comment était-il, cet homme ?

– C'était un bel homme, comme toi ! Il travaillait chez un entrepreneur d'une commune voisine, et un jour, lors d'un chantier assez important au Rouget, ta mère et lui se sont rencontrés. Il n'y a pas de mal à ça, ta mère était si belle ! Et il n'y avait rien à dire sur cet ouvrier. On pensait alors qu'ils se marieraient... Le temps a passé, tu es arrivé et toujours rien. Le vent me le ramènera, disait ta mère... Tu vois, François, l'histoire est simple, ils se sont aimés et puis... Il est au cimetière de Galassière mon petit, sur la rangée de gauche.

François ouvrit la fenêtre toute grande, respira à pleins poumons l'air de nouveau tiède. Delphin continua :

– J'ai toujours aimé ta mère, du premier jour où je l'ai vue au dernier jour de sa vie. Elle le savait, j'ai voulu l'épouser, mais elle n'était pas libre. « Le père de François va revenir », disait-elle. Je ne l'ai jamais embrassée, jamais touchée, je te le jure ! Tu es un homme, alors tu dois comprendre. J'ai besoin de te le dire pour avoir ton estime. J'ai pensé à elle des nuits entières, j'ai vécu des scènes de ménage terribles avec la Julia. J'aurais tant voulu que tu sois mon fils... Quand tu es parti, j'ai planté une châtaigneraie pour toi, au plus loin des acacias, tu sais cette terre de brousse. Elle est à ton nom, le notaire a les papiers. La Julia ne le sait pas et il y a plus de vingt ans de ça.

– Vous êtes fou, monsieur Broussotte !

– Quelle importance ? Maintenant, tu sais. Heureusement que tu es venu cette année, sinon je ne sais pas, imagine que je sois mort hier soir ?

– Monsieur Broussotte, je suis bien troublé, je ne savais pas que vous aimiez ma mère et ça me gêne. Quant à mon père je... je m'en vais, je reviendrai un de ces jours.

Il laissa la porte ouverte et disparut dans les taillis. Il marchait en regardant le sol défiler sous ses pieds. Combien de fois l'avait-il espérée cette vérité, mais maintenant, elle avait un goût de disgrâce, on ne peut rien contre cela. Le temps avait lissé la blessure, mais ne l'avait pas guérie. Il eut envie de crier, de hurler. Serrant les dents, il respira fortement. Après tout, qu'est-ce que cela changeait ? Broussotte se trompait peut-être, aveuglé par...

François rejoignit le ruisseau qui longeait le chemin du retour. Guidé par un sentiment bizarre, il entra dans l'eau. Peu profonde, l'eau lui couvrait cependant les genoux. S'aspergeant copieusement le visage, il essaya de sourire. Ses pieds s'enfonçant dans le sable ou la boue, il perdit plusieurs fois l'équilibre et jura comme Delphin. « J'aurais pu être son fils, putain de Dieu ! » Il sourit vers le soleil, enfin ! Il alla ainsi pendant plus de cent mètres puis rejoignit la terre ferme et retrouva des chemins plus aisés. Son pantalon sécha en cours de route, mais ses chaussures gardèrent un étrange souvenir de la plongée.

Il repensa à la châtaigneraie. Son pas s'accéléra. Plus loin que les acacias, les magnifiques arbres en pleine floraison embaumaient. Près de vingt arbres aux formes extraordinaires, comme seule l'espèce sait les imaginer. Le sous-bois recouvert de mousse, de touffes d'herbe, de fougères, l'accueillit. Un bonheur ! Il toucha les arbres. « Il faut être fou pour faire ça, ou... malheureux », dit-il tout haut en marchant sur le tapis de chatons qui déjà parsemaient le sol.

À l'hôtel, Amandine l'attendait. Quant à Guillaume, il dessinait quelque part.

Le déjeuner se passa sans qu'il révélât les confidences de Delphin Broussotte. L'après-midi, le groupe se sépara. Guillaume alla dessiner dans la campagne, Amandine rejoignit la ferme des Lavoine. Les trois femmes conversèrent longuement, il y avait un tel retard à combler. Bernard, déçu de l'absence de son cousin Guillaume, s'informa du lieu où il pouvait être, prit son bicross...

François s'accorda une flânerie dans le bourg, puis ses pas le conduisirent vers le cimetière, mais il n'était pas triste. Il poussa le portail de fer, longea le côté gauche ; son regard ne cherchait pas précisément un endroit. Puis il prit à droite et s'arrêta. Tout près on aurait pu entendre : « Tu vois, je suis là, maman, et je sais aussi que tu n'es plus toute seule ici. Delphin m'a dit, hier. J'ai tellement pensé à toi. Maintenant que je connais la vérité, il me manque encore quelque chose, je ne sais quoi. Je ne suis pas revenu depuis longtemps, mais tu es pour moi toujours dans le fond de mon cœur, tu le sais. » S'accroupissant, il lui parla encore un long moment, plus doucement. En s'éloignant, il regarda une dernière fois vers la tombe de sa mère, et lui envoya un baiser, comme un enfant.

D'un bon pas, François arpenta des kilomètres dans le pays qui l'avait vu naître. Il craignait de l'aimer plus fort qu'il ne le pensait. Chaque chemin, chaque parcelle, propriété, maison ou grange composait pour lui le territoire parfait pour y vivre. Un vieux mur, des grillages troués suspendus à des pieux de ferraille rouillés, des mousses sur les pierres victimes de leur immobilité, des plantes dites « grasses » ayant niché entre celles-ci, des portails de fortune clôturant des jardins vivants. Des maisons vieilles, d'autres restaurées, des neuves même indiquaient à François que la vie se faisait ici. Paris, trop immense, dissimulait ces aspects. On n'y décelait pas le vieillissement des clôtures, la naissance du gui sur les pommiers, les cerisiers en fleur ou la neige si lourde aux branches des sapins, le parfum de miel des châtaigniers en juillet, la naissance d'un enfant chez le voisin, la maladie d'un autre ou la mort d'un vieillard pourtant éternel, usé au travail de la terre !

Il s'interrogeait sempiternellement avec la crainte qu'on lui rappelât l'opprobre jeté sur sa famille ; son passé le rattrapait à grandes enjambées. Parfois, il pensait qu'on le montrait du doigt, le désignait, qu'on le ternissait, lui, le seul descendant des Vaillargues. Pourtant, dans les regards qu'il croisait, rien de tout cela, de la gentillesse même.

Cette crainte n'existait-elle que dans la tête de François ? La commune avait vécu sans lui, ses camarades d'enfance avaient fait leur vie, ici ou ailleurs, comme lui. Avait-il choisi le plus facile, s'enfuir ? Ses racines s'étaient-elles désolidarisées du sol qui l'avait vu naître ?

Terminant sa randonnée par l'est du bourg, il découvrit, à l'orée de Costenègre, un vieil arbre écorcé par la mort. Branches nues, grises, brisées, sur un tronc si triste dont la vie s'en était allée par les chemins de sève asséchés, mais encore debout, tellement enraciné qu'il pouvait tenir encore et encore.

Où sont-elles mes racines ? Celles qui m'interdiraient de partir ? Dans un petit carré du cimetière, là où reposaient sa mère et, un peu plus loin, ses grands-parents ? Maintenant il y avait aussi celui de son père. Cette histoire appartenait à sa mère ; c'était un homme bien, elle ne mentait jamais. Il était revenu, trop tard sans doute, mais qu'importe ! Désormais, cette question devenue inutile disparaîtrait de sa pensée.

François coupa une baguette de coudrier dans une haie, se plaça au milieu du chemin et traça de deux traits puissants et longs une croix mesurant la largeur du chemin en disant tout haut :

– Certains sont chanceux, d'autres moins. Je fais donc une croix sur ce que je n'aurai jamais.

Il poursuivit sa route, et, plus loin :

– Je suis là pour quoi ? Nom de Dieu ! Dans deux jours, je rentre à Paris.

La journée se termina par le dîner à trois. François annonça à son épouse sa décision de rentrer à Paris. Guillaume demanda à rester une semaine ou deux, il admirait le village, le pays de ses parents, aimait sa mamie et son oncle, sa tante, sans oublier son cousin.

– Pour moi, dit-il, c'est la révélation, je suis si bien ici.

– Demande un poste en Auvergne !

– J'y songe sérieusement, je m'attache, et toi papa, qu'est-ce qui t'arrive ? Tu ne serais pas en train de craquer ? Je t'ai observé regardant la campagne, les champs, les prés, les bois, je ne te connaissais pas ce regard, tu l'aimes toujours la terre, avoue-le !

– Difficile de dire le contraire. Mais pour l'instant, nous allons rentrer.

S'adressant à Amandine :

– Demain, tu devrais inviter tout le monde à déjeuner ici. Qu'en penses-tu ?

– Très bonne idée, je vais les appeler, j'espère qu'ils seront d'accord !

Une grande table pour les Lavoine et les Vaillargues réunis, près des fenêtres habillées de tentures originales. Mamie Lavoine, entourée de Bernard et Guillaume, s'était endimanchée malgré les recommandations de sa fille, mais tradition oblige ! Amandine avait obtenu une table ronde pour les invités. Rien de mieux pour la convivialité. Un menu conçu par les Vaillargues, fort bien servi comme il se devait. M. Roussilhe vint saluer Mme Lavoine en particulier, lui souhaitant la bienvenue, exprimant le souhait de la revoir de temps en temps, entourée des siens.

Une entrée régionale : jambon cru du pays, pintades avec pommes rissolées, salade, fromage, dessert, le tout accompagné d'un merveilleux bourgogne, composèrent le menu. On parla de bien des choses du pays, du passé, du présent et de l'avenir. Au moment opportun, François demanda à Calixte, d'une manière assez directe :

– As-tu pris une décision pour la ferme ?

– Non, pas encore, c'est difficile...

– Et pour toi-même, tu ne voudrais pas étudier les possibilités d'exploitation de la terre une dernière fois avant de prendre la grande décision ?

– Pour tout te dire, il me faudrait un associé, un projet et un financement. Mais, en premier lieu, un bon partenaire, dit-il en lançant vers Monique un regard dur.

Elle rougit, mais ne répondit rien.

- Si je te trouvais cet associé, accepterais-tu de

revoir ta position ? Tu veux partir, oh ! je comprends et pour cause. Mais finalement c'est la décision qui coûte le moins, les difficultés viennent ensuite.

– Je veux bien te croire, et comment t'y prendras-tu pour trouver quelqu'un qui veuille travailler ici ?

– J'aimerais revoir les plans que tu m'as montrés l'autre jour avant de repartir pour Paris, si ça ne t'ennuie pas, bien sûr.

– Je les ai dans ma voiture... dans ma sacoche. Bernard, voudrais-tu me rendre service ?

– Je postule pour le poste d'associé, dit Guillaume, mis à part que je n'ai pas un radis et que je suis instituteur. Je postule à titre gratuit pour te donner un coup de main.

– C'est déjà beaucoup, dit Mamie Lavoine, tu appartiens aussi à cette terre, ton grand-père me l'a dit un jour.

Puis elle se tut, comme si elle avait commis une gaffe. Les regards d'Amandine et de François se croisèrent brièvement. Guillaume ajouta :

– Je sais qu'un jour je viendrai en Auvergne rattraper le temps perdu !

Silence.

– C'est sérieux ? demanda Calixte.

– Vous le verrez bien, laissons du temps au temps.

Le café arriva et déjà Calixte et François se plongeaient dans le cadastre. Mme Lavoine, sa fille et sa bru décidèrent de marcher un peu dans le bourg. L'aïeule n'y venait presque jamais, sauf lors d'un enterrement, la foire une ou deux fois l'an et pas toujours. Bernard et Guillaume parlèrent informatique, dessin et photo.

Là, sur un coin de table, le relevé cadastral de la commune et, plus en détail, celui de la propriété. Quarante-cinq hectares comprenant les parties cultivables et cultivées, les landes et taillis, le bois...

– Insuffisant pour deux associés !

– La spécialisation, Calixte, la spécialisation ! Élimine ce qui ne te rapporte rien, étudie des plans de rentabilité, de nouvelles variétés de produits. Bernard est un passionné d'informatique, demande-lui de te préparer des tableaux de rendement, des rapports de production, des objectifs... Comment tiens-tu ta comptabilité ?

– Tout est dans mes cahiers, Monique m'aide, le comptable termine les comptes, c'est en ordre.

– Tu as un fils qui est compétent, profites-en Procure-toi un logiciel correspondant à tes besoins il en existe certainement. Tu es encore à l'âge de pierre, excuse-moi Calixte, mais c'est la vérité.

Le regard rivé sur le relevé, Calixte réalisait que son beau-frère avait certainement raison. Il se sentait prisonnier de son système archaïque, ne s'étant pas recyclé suffisamment. Son père lui ayant légué ses connaissances, il gérait l'exploitation à l'ancienne. Regardant François droit dans les yeux, il lui dit :

– Si tu étais à ma place, que ferais-tu ?

Question abrupte ! François leva les bras et reposa ses deux mains bien à plat sur le document.

– Une fortune à exploiter ! Une mise à plat du passé, un nouveau schéma à inventer et à mettre en place.

– Vas-y, imaginons que tu sois le propriétaire, je t'écoute.

– Je suis le propriétaire ? D'accord. Alors, voilà...

Pendant une demi-heure, François, le cafetier parisien, dressa des constats, estima les surfaces, s'informa des rendements, s 'étonna, s'emballa dans une extrapolation fougueuse autant qu'inattendue qui surprit et passionna son interlocuteur.

– Génial, dit Calixte, jamais je n'aurais imaginé un beau-frère aussi habile dans notre métier de paysan.

– Nous sommes tous des paysans, des culs-terreux, on est si bien quand on a les pieds dans la terre fraîchement labourée !

Brusquement, il se leva, quitta la table et partit sans rien ajouter rejoindre le club des femmes. Plus tard, alors que le groupe reformé faisait revivre des choses du passé, François posa une dernière question à Calixte :

– Quoi que tu décides, conserveras-tu un troupeau de laitières ?

– Ce serait quand même une sécurité, et ça, je sais le faire !

François n'ajouta aucun commentaire et le sujet fut clos. Après d'autres bavardages et du temps consommé – pour une fois en famille –, les Lavoine repartirent pour Roquevie.

Cette soirée avait rassuré Mme Lavoine. Quant aux Vaillargues, le départ, peut-être précipité, fut décidé pour le surlendemain.

Dernier aller-retour vers Roquevie. Un dernier regard qui se promenait sur mille détails, comme le vernis sur une toile de peintre enveloppe et protège l'ensemble.

– J'espère vous revoir très bientôt, dit la mère, ce n'est pas une année ordinaire, tout le monde vous estime ici, l'eau a beaucoup passé sous les ponts, je suis si vieille maintenant, ne me faites pas languir trop !

Embrassades sincères, au revoir mouillé de larmes entre mère et fille mais si différent du précédent départ, il y avait plus de vingt ans. François écourta les adieux en allant saluer une dernière fois les Broussotte. Il trouva la Julia assise sur son banc et le Delphin dans son lit, tout heureux de le voir.

– Alors, comme ça tu t'en vas !

– Oui, mais je voulais vous remercier pour votre franchise. J'ai vu la châtaigneraie, magnifique ! En octobre, je reviendrai pour les châtaignes, mais je ne l'ai dit à personne encore. Je penserai toujours à ce que vous m'avez raconté. Il fallait du courage pour le dire...

Rompant ce silence qui les gênait tous deux :

– Je vois que vous vous remettez bien, n'est-ce pas ?

– Tout va pour le mieux, mais encore un mot : si tu reviens ici, j'ai quelque chose pour toi, ne tarde pas.

– Encore une révélation ?

Oui, seulement si tu reviens pour travailler la terre...

François sourit. Il y eut entre eux un regard plein de chaleur, de tendresse et une poignée de main qui n'en finissait pas. Que manigançait-il, ce vieux routier de la terre ?

Amandine ne demanda pas à son mari les raisons de ce retour impromptu à Paris. Après le dîner pourtant, il confia à sa femme les confidences de Delphin Broussotte. Elle écouta sans poser la moindre question, dans un calme serein. Elle retint le geste déjà commencé de poser sa main sur la sienne. Il reprit :

– J'ai besoin de m'éloigner d'ici, pour y revenir plus tard, dans un mois peut-être. J'ai besoin de faire le point.

– Tu sais que je t'aime, et le bout du monde où j'avais promis un jour de te suivre, c'est là où tu voudras aller.

– Le bout du monde ! dit-il.

Peut-être pensaient-ils à la même chose, sans oser se l'avouer. Comme convenu, Guillaume resta au pays. Mamie Lavoine ne trouvant pas convenable de le laisser loger à l'hôtel, lui avait promis d'aménager une chambre chez elle, le jour même.

– Notre fils est vraiment un mordu du pays, et ta mère l'apprécie, je crois, je l'ai perçu immédiatement, dès leur rencontre.

– Une belle page de notre vie s'est écrite cet été, laissons faire, une grand-mère et son petit-fils !

– Une belle-mère et son gendre ! ajouta François.

– Ma mère a un souci, François. Je sais que tu veux aider Calixte, alors il faut que tu saches qu'elle ne vendra jamais. La terre restera à la famille quoi qu'il lui en coûte, on ne vend pas le passé, le travail, la sueur, la vie, et moi je le comprends !

– En affaires, nous nous sommes débrouillés, sans doute pouvons-nous aider Calixte qui est trop seul, avec bien du souci dans son ménage.

– Que vas-tu faire ? Nous repartons à Paris demain !

– Écoute, ici je ne peux plus réfléchir. Je suis retombé chez moi, près de cette marmite qui fume et d'où s'échappent mille tendres odeurs si attirantes que personne ne peut t'empêcher de soulever le couvercle, quitte à t'y brûler le nez plutôt que de reculer.

– As-tu envie de te brûler, un peu, beaucoup ?

François ne répondit pas.

– J'ai demandé à Calixte de m'envoyer un plan plus détaillé de la ferme, je peux peut-être l'aider à restructurer son entreprise ; sans être experts, toi et moi avons dû nous pencher sur des plans de rentabilité. Calixte n'a jamais été confronté à ces situations, il pense donc qu'il ne peut pas.

– Mon père ne lui avait certainement pas laissé cette latitude.

14

Guillaume s'installa dans la maison de sa grand-mère, dans une chambre au-dessus de chez Calixte, pour la plus grande joie de Bernard. Afin de ne pas être à la charge de ses hôtes, l'instituteur proposa de participer aux travaux de la ferme. Le Parisien surprit son monde par son dévouement et entraîna Bernard dans la tâche. O surprise ! Informatique et agriculture firent bon ménage. Les Lavoine apprécièrent l'aide et la grand-mère fut enchantée par cette présence.

Souvent, Guillaume écoutait Marthe lui parler du passé et Bernard, qui ne quittait plus son cousin, apprenait lui aussi tant de choses sur les anciennes techniques, les histoires de famille, les traditions.

– Tu ne me racontes jamais ces choses-là grand-mère, pourquoi ?

– Cette télévision et ton ordinateur devant lesquels tu restes planté t'empêchent de m'écouter, de m'entendre et je te dirais plus encore : de me voir ! Aujourd'hui, tu veux savoir parce que Guillaume est curieux d'ici, de sa famille, et tu te rends compte que j'existe !

– Mais mamie...

– Je ne t'en veux pas pour autant, mon petit, dit-elle en lui caressant doucement les cheveux. Si tous les jeunes sont comme toi, l'histoire du passé va se perdre totalement. Vous ne pourriez vivre de la manière dont on vivait, grands dieux heureusement, mais notre passé vaut la peine d'être connu, raconté, transmis.

– Mamie, dit Guillaume, je voudrais tout connaître de ta vie, de celle de mon père, des arrière-grands-parents, si possible, et je te promets que j'écrirai un livre.

– Bah ! je ne t'en demande pas tant, mais j'essaierai pour toi de me souvenir...

Et c'est ainsi que Guillaume, partagé entre son travail d'aide, ses dessins et ses notes, ne vit plus le temps s'écouler. Quant à Marthe Lavoine, elle ne cessait d'évoquer telle ou telle situation, parfois cocasse, parfois triste, mais avec dans le regard toujours une étincelle magique, mystérieuse. Bernard ne manqua pas un mot de ces souvenirs passionnants et Marthe, devant ses deux admirateurs qui buvaient si bien ses paroles, commit parfois en pensée le péché d'orgueil !

Il lui manquait du temps pour se souvenir de tout ; parfois le monologue s'interrompait lorsque la narratrice elle-même était surprise de ce qui lui revenait en mémoire.

– Je me souviens de ma pauvre mère. Quand j'étais petite fille, et ça ne date pas d'hier, elle me chantait *Le Temps des cerises*, ne connaissant que celle-là, et une autre qui parlait de coquelicots et de jardins. Les premières cerises, elle me les posait en pendants d'oreilles, comme dans la chanson, et nous étions si heureuses alors. Vous voyez, le bonheur c'est parfois peu de choses.

Elle parla de sa première maîtresse d'école où elle allait, l'hiver seulement, car on avait besoin d'elle pour travailler. « On était pauvres chez nous... », disait-elle en baissant les yeux.

Marthe raconta les travaux au fil des saisons, des longs hivers où l'on tuait le cochon, les veillées entre voisins où l'on refaisait le monde, puis le printemps, souvent pluvieux, les étés avec les fenaisons, les moissons, puis les battages à l'automne, la récolte des champs ; la vie dans sa réalisation, c'est-à-dire le travail, avec cette obligation permanente et journalière : les bêtes. Elle se rendait compte, au fur et à mesure de son histoire, qu'elle aussi avait passé sa vie à besogner. Les moments de bonheur furent si rares et si courts qu'elle les avait oubliés. Guillaume le perçut, comme il remarqua aussi l'impasse discrète sur son grand-père.

– Le secret de la serbe noire, mamie ? Qu'est-ce donc ? Sais-tu quelque chose à ce sujet ?

– Cette grosse pierre cache probablement un lourd secret. Voici pourquoi : c'était pendant la dernière guerre, dans une ferme de la commune voisine. Les Allemands cherchaient à prendre les résistants, les maquisards, et il y en avait, bien sûr, chez nos voisins comme par chez nous.

– Des maquisards ici, mamie ? Tu ne me l'as jamais dit.

– On n'en parle plus maintenant, tout ça c'est fini, mon pauvre enfant. Voyons, laisse-moi terminer. Il y eut un accrochage sévère chez nos voisins, entre les deux camps. Un officier allemand fut porté disparu et, comme vous devez vous en douter, les représailles encourues étaient terribles. Le corps d'un résistant tué fut exposé sur la place. « Voilà ce que vous deviendrez, si vous ne parlez pas ! » Ils cherchèrent partout dans le village, firent sortir tous les gens et les réunirent pour les interroger. Personne ne savait rien, bien entendu, tout cela s'étant déroulé dans la forêt.

– On a fusillé quelqu'un, mamie ?

– On allait fusiller tous les hommes si on ne parlait pas. C'était en 44. La menace demeura et une promesse fut faite d'une récompense à qui donnerait des renseignements à la gendarmerie. Il ne manqua pas de dénonciateurs pour toucher la récompense, mais l'Allemand demeura introuvable. Le maire fut interrogé à son tour et si violemment qu'il en ressortit le visage ensanglanté devant tout le village et fut tenu pour responsable de la suite des événements. Au bout du troisième jour, le détachement reçut ordre de quitter les lieux. L'urgence de renforts vers l'ouest était prioritaire.

L'évocation de ces souvenirs fut pénible pour Marthe Lavoine.

– Quelque temps après, le berger d'une ferme, à force de regarder dans une serbe comme la nôtre, avec d'énormes pierres au fond, remarqua que quelque chose bougeait par moments près d'une pierre. L'eau, arrivant par en dessous, dégageait un bout de tissu qui ressemblait à un bord de vêtement militaire allemand. Notre homme, que personne n'aimait, ayant déjà dénoncé plusieurs personnes au village, se vanta de cette découverte à un autre, ignorant que celui-ci faisait partie d'un maquis. Dans la nuit qui suivit, les résistants se concertèrent...

– Les Allemands n'ont jamais su ?

– Un petit groupe d'Allemands se présenta au village quelques jours plus tard. Ils obligèrent le maire et le berger à les conduire à la serbe en question. Le délateur, fier de pouvoir toucher la récompense promise, bombait le torse en marchant avec eux. Lorsqu'ils arrivèrent sur les lieux et qu'ils eurent vidé la serbe, il ne sut plus que dire. Il n'y avait rien... Assurément vexé, l'officier allemand hurla un ordre et le malheureux s'écroula sous les balles. Les étrangers partirent en le maudissant, et le maire ne sut pas à quel saint il devait d'être encore en vie.

– Dans notre serbe crois-tu qu'il y ait quelque chose ?

– Oui, il y a un secret, mais un secret c'est un secret ! Heureusement la pierre est trop lourde et personne n'y a encore touché !

– Tu me fais peur, mamie !

Marthe Lavoine se mit à rire de bon cœur, mais ne rassura pas Bernard pour autant.

Au fil de ces quelques jours, heureuse de parler ainsi de sa vie, elle transmit l'héritage culturel et familial. L'avidité de l'auditoire l'encourageait. Chaque bout de terre avait son anecdote. La gastronomie prit également sa place, et Guillaume connut le goût de la truffade, le parfum de l'excellente soupe aux choux. L'omelette Guillaume fut inscrite un jour au menu, et Calixte et Monique furent convaincus par l'originalité de ce mets nouveau et surprenant.

Guillaume rattrapait le temps perdu et Bernard imitait son cousin. Les deux lascars se rendirent aux fêtes des communes et villages voisins. Guillaume fit des photos et participa à la joie des gens du pays, admirant parfois les corsos fleuris, le défilé des fanfares ou harmonies. L'estrade, presque toujours la même, campée sur la place, recevait un ou deux groupes folkloriques régionaux. L'Escauféto du Rouget et la Bourrée d'Aurillac. La cabrette, l'accordéon et la vielle ressuscitaient des airs gaillards ou nostalgiques dont l'origine se perdait dans la nuit des temps. Tous les curieux, les visiteurs, les vacanciers ou les gens du pays se pressaient pour ressentir ces choses qui vous saisissent aux tripes, au corps et jusqu'à la moelle, et font battre la mesure à tous les pieds, jeunes et vieux. La tradition est là, puissante, ancrée au cœur des hommes et femmes de ce pays et personne ne résiste aux couleurs des robes des danseuses et aux chapeaux des Auvergnats. Il y avait aussi les habituels et divers concours : ball-trap, jeux de quilles, tournois de football et l'animation des cafés ou buvettes improvisés où l'on ne contrôlait pas les quantités absorbées qui provoquaient ici ou là d'étranges beuveries... La fête n'avait lieu qu'une fois par an ! Qu'elle était loin la foire du Trône !

Guillaume, beau garçon, eut du succès auprès des filles.

– T'as vu comme elle te regarde cette belle brune ? dit Bernard.

– Je l'ai remarquée dimanche dernier, ce soir je l'inviterai à danser, si tu le permets.

– Moi aussi j'ai une copine, mais sa mère n'aime pas qu'on se parle, c'est toujours pareil avec les parents !

– Ne t'en fais pas, tout s'arrange dans la vie, tu es jeune et tu as bien le temps.

– Tu ne vas pas parler comme les autres, heureusement que je suis parti en vacances, on a pu se voir.

– Petit malin !

Le dimanche soir, le dernier des vacances, Guillaume rencontra la belle brune. Ils dansèrent, se prirent par la main et disparurent dans la nuit. Bernard les attendit. Diplomate !

Il aperçut sa « fiancée », hélas surveillée par sa mère. Aussi il se dirigea vers les baraques foraines et s'exerça au tir à la carabine à plomb sur des ballons colorés, prisonniers d'une cage à barreaux.

La musique, des couleurs, des lumières, un brouhaha immense. La nonchalance de la foule noyait les couples d'amoureux insouciants, main dans la main, s'embrassant au gré de leurs envies tandis que Bernard bien seul consommait machinalement des nougats de Montélimar.

Paris au mois d'août ! Le Chemin des vents avait retrouvé ses propriétaires et ceux-ci leurs habitudes, ou presque.

– J'attends un coup de téléphone, disait François. La personne me rappellera certainement, vu qu'il ne s'est rien passé à la Noisetière.

– Crois-tu vraiment ce que tu dis ? Tu n'es plus le même, tu ne t'en rends pas compte ; les nuages, voilà ton royaume !

– Tu as raison, Amandine, j'ai la tête ailleurs. J'essaie de résister à une force terrible.

– L'envie de retourner au pays ? Pour y travailler ? Réponds-moi !

– Je crois que oui, et ça me tire de partout. J'essaie de me raisonner, en vain.

– Ces vacances nous auront profondément changés, regarde Guillaume, il reste là-bas ! Mais je vais te confier un secret, je suis comme toi maintenant, s'il n'y avait pas notre affaire... Rappelle-toi, je te suivrai au bout du monde !

– Tu parles sérieusement, Madie ?

– Guillaume ne reprendra pas le Chemin des

vents, si tu veux changer ta route, c'est maintenant. Calixte a besoin d'un partenaire, réfléchis !

– Tu es tout de même extraordinaire !

– La route que nous avions choisie un soir a été si belle. J'ai toujours confiance en toi, François. L'idée de retourner au pays ne me déplaît pas, à condition que tu veuilles de moi en paysanne, avec des bottes terreuses, un jean à la place de mes robes, le droit de conduire les tracteurs, et ainsi de suite.

François, médusé, observait Amandine. Cette femme était capable de tout.

À partir de ce jour, ils bâtirent des projets, griffonnèrent d'innombrables pages d'espoir, considérant toutes les possibilités d'association avec Calixte. D'importants travaux furent classés prioritaires, en commençant par le logement. Il n'y avait qu'une maison inhabitée, la Noisetière. Le financement de tout cela ? Un investissement était nécessaire. Le Chemin des vents : une garantie aux prêts. L'appartement du dessus ? Sa vente représentait le premier capital. La valeur estimée du commerce constituerait une garantie sérieuse. Bref ! on rêvait de retour !

Guillaume resta une semaine de plus chez sa grand-mère. Mamie Lavoine décida de restaurer la Noisetière, en l'agrandissant par la même occasion dans sa longueur.

– J'assure le financement du gros œuvre, pour le reste on verra plus tard.

Son raisonnement était le suivant : si Calixte part, il faut une maison pour les nouveaux fermiers, je ne peux les loger autrement. S'il reste, j'aménagerai la Noisetière pour recevoir ma fille et mon gendre. Et, de plus, j'ai deux petits-fils, c'est ma manière d'améliorer le patrimoine !

À Paris, ni août ni septembre n'apportèrent de coup de téléphone à François. Il s'employait à l'étude du plan de réaménagement de la ferme, et, malgré son acharnement, les choses s'annonçaient délicates. Guillaume avait repris le chemin de son école. Jeune instituteur, il assumait son travail en zone périphérique, dans une classe difficile. Mais ces vacances lui avaient donné du bonheur avec bien des raisons, dont l'une, non la moins importante, demeurait non divulguée.

Octobre arriva et les Vaillargues décidèrent d'aller passer un week-end en Auvergne. La châtaigneraie les attendait, disait François. Ainsi tous trois arrivèrent à Roquevie, ce troisième samedi d'octobre. Déjà d'autres couleurs s'étalaient sur la campagne auvergnate. Les verts magnifiques résistaient fort mal à l'avancement de la saison. Une couche de feuilles tapissait les routes et les chemins, sous les futaies dégarnies, et adoucissait le passage de la voiture. Le vent complice et voleur de feuillage avait ébouriffé quelques sapins. Le lac se tenait tranquille réservé, oublié des vacanciers

– Cette campagne-là est plus proche de nous, dit Guillaume.

– Nous approchons de la Toussaint. La nature ne meurt pas, mais modifie son aspect.

Puis Roquevie apparut en ce début d'après-midi d'automne tout coloré. Les Parisiens étaient attendus. Le chien ? Toujours exubérant. Mamie Lavoine, heureuse. Du côté de Calixte et de Monique, ça n'allait pas au mieux. Bernard ne rentrerait qu'en fin de journée. Marthe Lavoine accapara Guillaume en lui précisant que sa chambre l'attendait. Après bien des bavardages, père et fils se dirigèrent vers la châtaigneraie. Delphin, à qui ils passèrent dire bonjour, tint à les accompagner.

La terre semblait se reposer. Les champs labourés et parfois ensemencés offraient leur nudité et leur silence. Bientôt tous les arbres feraient de même.

– Cette année a donné plus que d'habitude, dit Delphin en arrivant dans la châtaigneraie.

Les magnifiques fruits, brillants et roux, parsemaient le sol se mêlant aux feuilles déjà tombées, se groupant dans quelques trous, contre une touffe d'herbe ou un recoin de mousse. Broussotte avait débarrassé les lieux des fougères. Un geste savant du râteau et le ramassage se faisait aisément. Un léger rayon de soleil transperça un instant l'humidité du sous-bois. Les Vaillargues emplissaient les paniers, les vidaient dans un grand sac de jute, et Delphin maniait gaiement son râteau, les accompagnait en discours interminables.

– J'aimerais déterrer des noix de terre, dit Guillaume.

· Tu devras attendre le printemps pour ta prochaine omelette !

Portée avec une certaine fierté par les Vaillargues, la récolte arriva à Roquevie. Delphin s'arrangea alors pour parler seul à François.

– Comme tu reviens nous voir maintenant, et avant qu'il ne soit trop tard, au cas où tu déciderais de revenir donner la main à la ferme...

– Monsieur Broussotte, pour le moment il n'en est pas question, nous en avons simplement dit deux ou trois mots pour que Calixte se sente moins seul, mais de là à...

– Laisse-moi te dire une chose importante : si tu viens au pays, je te donnerai ma propriété avec un bail tellement intéressant que tu ne pourras pas le refuser. Tu choisiras les terres qui te conviennent, et je te ferai un contrat renouvelable pour quatre-vingt-dix-neuf ans, tu seras donc tranquille...

François ne dit mot.

– Pour des jeunes, il faut de la terre, je le comprends, vous n'avez pas assez pour entreprendre ; et comme ça je pourrais vieillir ici, sans souci, et tu sais bien pour qui je le fais ! Ça m'arrange bien aussi, je pourrais voir mon domaine revivre, vous disposeriez de la grange et de tout le reste. Elle ne te rappelle rien cette grange, François ?

François se remémora immédiatement et, sans

rien dire, tendit la main, l'index pointé vers Broussotte :

– Vous étiez au courant ?

– Ce ne fut pas difficile de vous trouver là, tous les deux...

François ne sachant que dire lui serra la main affectueusement. Au moment de se quitter, Delphin Broussotte lui dit :

– Je te prépare tous les papiers. Ils seront chez le notaire dans un mois environ. Tu n'auras plus qu'à les signer quand tu auras décidé de ton avenir à la terre. Maintenant, je vais m'occuper de la Julia !

La soirée passa très vite, les marrons étaient savoureux. On ne parla presque pas des affaires de Calixte. Chacun profitait de la bonne et douce chaleur du feu de cheminée. Les flammes dessinaient comme toujours des formes étranges, pleines de mystère, fuyant aussi vite qu'elles apparaissaient. Rien de tel pour l'imagination !

15

Après avoir passé la nuit à l'Hôtel des Voyageurs, les Vaillargues firent une rapide visite au cimetière. Amandine alla se recueillir sur la tombe de son père. François prit une autre direction. C'était bientôt la Toussaint. Puis ils allèrent prendre Guillaume à la ferme et dire au revoir aux Lavoine.

Mamie Lavoine était triste de les voir partir, c'était trop court, disait-elle. En s'approchant d'Amandine pour l'embrasser, Monique lui glissa à l'oreille : « Prépare-toi à prendre ma place... » sans autre explication. Ils quittèrent Roquevie avec dans leur coffre une provision de châtaignes.

Ils repassèrent à l'hôtel prendre leurs bagages. Tandis qu'ils réglaient leur note, M. Lafon, le maire de la commune, vint les saluer amicalement.

– Je suis heureux de vous voir, j'aimerais vous entretenir un court instant, car je vois que vous nous quittez.

En peu de mots, le maire leur parla de la situation de Calixte. Un bruit courait selon lequel Calixte envisagerait de quitter la ferme. François et Amandine étant venus deux fois en quelques mois après une si longue absence, cela alimentait la rumeur.

François l'informa qu'à sa connaissance rien de tel n'avait été envisagé.

– Les Pardissi seraient acquéreurs à ce que l'on raconte, ajouta le maire.

– Voyez plutôt Mme Lavoine, elle sera heureuse de votre visite.

– Je ne veux pas la tracasser ni lui causer des ennuis en allant la voir. Je suis le maire et, à ce titre, je préfère savoir, pour éviter qu'il se propage des ragots, comprenez-vous ?

Les renseignements que l'édile recueillit furent bien minces.

Au fil des kilomètres, Guillaume demanda à son père ce qu'il pensait de la ferme.

— Que pourrait-on en dire ? Que l'entreprise n'est pas florissante et, de plus, Calixte et Monique ne sont pas heureux, ça se devine.

– Dis-moi le fond de ta pensée, tu te retranches toujours derrière des propos vagues.

– Penses-tu un jour reprendre le Chemin des vents ?

– Je te confirme que non. Je ne suis pas fait pour ce genre de travail et tu le sais, papa, et toi aussi, maman.

– Nous pouvons donc te dire que nous allons essayer de sauver la ferme de Roquevie, mais nous ne savons pas comment.

– Paris, le café jusqu'à la retraite, ça vous plaît tant que ça ?

– C'est notre boulot. Jusqu'à cette année on ne se posait pas de questions, mais depuis cet été...

– Vous sentez-vous capables de revenir à la campagne ? Toi maman, la princesse du Chemin des vents ?

– Avec ton père, j'irai jusqu'au bout du monde !

– Je vous jure, ces deux-là ne sont pas ordinaires, dit Guillaume en riant aux éclats.

– Dis-moi mon fils, qu'en dis-tu, toi l'instituteur de banlieue ?

– Si cela vous démange, retournez au pays, je vous y rejoindrai plus tard de toute façon. Je suis amoureux de cette campagne, et je sais que j'y vivrai un jour.

– De mieux en mieux, dit François. Mais toi, tu as un métier, c'est différent.

– Et vous un café et un appartement à Paris. Au pire, prenez un gérant. L'appel de la terre natale, je peux comprendre. Alors faites-vous ce plaisir le restant de votre vie.

– Ce n'est pas le mot plaisir qui convient, c'est un autre, au sens plus fort, plus profond.

– Quoi qu'il en soit, vous m'entraînez dans votre histoire d'amour, pas vrai ?

Au bout de la route, Paris les engloutit dans son immensité.

Au pays, bien des événements survinrent. L'entreprise locale de maçonnerie commença les travaux d'agrandissement de la Noisetière. Mamie Lavoine avait demandé qu'on réinstallât deux fenêtres en chiens assis sur le toit, soit une de plus qu'à l'origine. Maçons, charpentiers et couvreurs animèrent le hameau durant la fin de l'année.

Un matin de janvier, Monique annonça son départ de Roquevie et de la ferme. Quittant mari et fils, elle claqua la porte, manifestant son ras-le-bol de cette famille. Calixte prévint Amandine en l'informant que, lui aussi, quitterait Roquevie dès qu'il le pourrait, sa décision était prise. Quant à Bernard, il irait sûrement chez sa grand-mère maternelle chez qui sa mère s'était réfugiée.

Amandine se souvint alors d'une phrase de Monique, puis pensa à sa mère. Marthe Lavoine et sa fille se parlèrent au téléphone. La mère prendrait un fermier.

Il y eut un drame en février chez les Broussotte. En effet, ayant tenu parole, Delphin s'était rendu chez le notaire, maître Tarmin, pour préparer l'éventuel bail à François. Julia ne voulut rien savoir de cet arrangement, criant au scandale, traitant son homme de tous les noms possibles, choisis dans un étrange répertoire. Le passé, là aussi, avait resurgi. Julia déversa des histoires que l'on croyait enfouies à tout jamais. Justine Vaillargues fut au centre de ces disputes, elle qui n'avait pas voulu Delphin pour époux par respect et devoir envers son fils. Julia, d'une jalousie extrême, menaça maintes fois Delphin d'une vengeance terrible. En ce début de février, dans le matin du troisième jour, on entendit l'énorme bruit d'une détonation chez les Broussotte. Calixte se précipita, craignant l'explosion d'une bonbonne de gaz, suivi de Marthe qui marchait plus lentement. Ce qu'ils découvrirent les cloua sur place. Delphin, affalé dans un coin de la pièce, gémissait, le bras ensanglanté, et Julia tenait encore dans ses mains le fusil de chasse. Elle dirigeait une fois de plus l'arme vers son mari sans se préoccuper de la présence des Lavoine. Calixte eut la présence d'esprit de se jeter sur elle et d'abaisser le canon du fusil tandis que le deuxième coup partait, broyant la porte d'un meuble.

– Dommage, dit Julia.

Calixte lui arracha l'arme. Marthe Lavoine, arrivée quelques secondes plus tard, tenait ses mains sur sa bouche, pétrifiée. Delphin regardait sa femme d'un air atterré. Dix heures sonnèrent à la pendule. Julia vérifia l'heure au cadran, prit un tricot qu'elle jeta sur ses épaules et, à la surprise de tous, se dirigea vers la porte, toujours chaussée de ses pantoufles. Se retournant une dernière fois vers son mari qui n'avait pas bougé :

– Ça t'a donc repris, cette affaire ? Si ce n'est plus avec elle, c'est avec le fils. Même à mon âge, je ne supporte pas ça. Depuis qu'il a remis les pieds ici, tu ne penses qu'à sa mère, tu es fou Broussotte !

Calixte, ignorant tout du passé, ne comprit pas le vrai sens de ces mots mais se douta de quelque intrigue. Pris par l'intensité de l'instant, il ne réfléchit pas davantage. Julia sortit lentement, frôlant Mme Lavoine qui tendit ses bras comme pour la retenir, puis la laissa passer. Les poils blancs de Julia tremblaient sur son menton.

– Appelons le docteur, il a le bras démoli ! dit Calixte.

Puis il se ravisa :

– Je vais l'emmener moi-même, ça ira plus vite.

Pendant le trajet, Broussotte gémit, tenant son bras sanguinolent à travers la manche de son pull en lambeaux, mais il ne dit mot sur le geste de Julia. Le médecin le dirigea sur l'hôpital d'Aurillac, aux urgences.

Déchirures musculaires, ruptures de veines et détérioration des tissus. Une intervention sérieuse, plus quelques plombs à retirer. L'explication fut nécessaire : « En nettoyant mon fusil... », mais non convaincante.

Au retour, les gendarmes le précédèrent de quelques minutes à Roquevie. Et tous furent surpris de ne pas trouver Julia à la maison. Les recherches commencèrent sur-le-champ. Mme Lavoine fut questionnée à son tour. Elle ne l'avait pas revue depuis le matin. Les trois gendarmes, agrandissant le cercle des recherches, la découvrirent enfin, noyée dans la serbe noire, dont le pourtour blanchissait d'une épaisseur de glace. Gendarmes et pompiers, appelés entre-temps, constatèrent le décès. L'enquête se fit plus précise et la vérité fut inscrite au procès-verbal. Broussotte, le bras en écharpe, les yeux dans le vague, marmonnait dans sa barbe :

– Elle ne m'a jamais pardonné, jamais. Maintenant, elle sera tranquille pour toujours.

Julia Broussotte avait donc mis fin à sa vie, après avoir failli commettre l'irréparable envers son époux. On ne rapporta l'histoire à François et Amandine qu'après les obsèques, Calixte en avait décidé ainsi. Roquevie ne comptait plus que trois âmes et, bientôt, il n'en resterait que deux.

Marthe Lavoine prit le combiné, composa le numéro. Amandine décrocha :

– Je n'ai pas beaucoup de temps pour te parler ma fille, mais un arrangement de famille s'impose pour la ferme, décidez-vous tous les deux, Calixte est déterminé à abandonner cet été. Tu sais, la Noisetière est si belle maintenant !

Amandine ne put répondre, sa mère ne lui en laissa pas le temps. Les Vaillargues s'inquiétèrent. Ils pensaient un peu continuer ainsi. Mais la situation avait changé, Calixte rendait son tablier, ne recherchait plus d'associé. Il fallait agir.

François fit évaluer ses biens parisiens, appartement et café séparément. Amandine contacta son frère, lui demandant de faire procéder à une estimation de la ferme, terres, bâtiments, cheptel, etc. La délicate machine des affaires de famille semblait en marche. François doutait par moments de ses capacités de paysan, et l'espoir des Vaillargues se transformait en soucis.

Quand tous les renseignements furent rassemblés, ils décidèrent de se rencontrer chez le notaire, maître Tarmin. Rendez-vous fut pris pour début avril, le notaire ayant accepté de les recevoir un samedi après-midi, exceptionnellement.

Les Lavoine, mère et fils, les Vaillargues, Amandine et François, furent réunis devant l'homme des actes officiels.

Il leur proposa diverses options. Renouvellement de bail avec de nouveaux fermiers, vente, héritage anticipé, succession avec arrangement pour celui ou celle qui garderait la propriété et la garde, si l'on peut dire, de Mme Lavoine. L'estimation fut annoncée. Mme Lavoine ne parla pas. François et Amandine écoutaient et Calixte, impatient, souhaitait la rapidité des tractations. Il avait le souci supplémentaire du départ de Monique qui avait entamé une procédure de divorce. Le notaire leur parla des aides aux transmissions de propriétés entre parents et enfants, des avantages éventuels. Un bail en bonne et due forme leur permettrait d'obtenir des financements intéressants pour démarrer sur de nouvelles bases. Le meilleur arrangement serait la succession. Maître Tarmin fit de son mieux, mais aucune décision ne fut prise au cours de cette entrevue. Celle-ci prit fin, mais au moment de laisser sortir les familles, le notaire pria les Vaillargues de bien vouloir lui accorder un moment.

– Madame et monsieur Vaillargues, je suis heureux de pouvoir enfin vous parler. Je vois que les affaires avancent. J'ai déjà un bail pour vous, celui du père Broussotte, prêt à la signature.

– Nous n'en sommes pas là, maître !

– Soyons réalistes, il n'y a que vous qui puissiez mettre bon ordre dans tout cela, et moi aussi j'ai confiance en vous.

– Excusez-nous, maître, mais pourquoi dites-vous « moi aussi », comme s'il y avait quelqu'un d'autre...

– François – vu mon âge je peux vous appeler François ? –, vous avez quitté le pays il y a plus de vingt ans. M. Edouard Lavoine, votre père, Amandine, a œuvré toute sa vie pour sa ferme. Avec Calixte et Monique, ça n'a pas fonctionné comme il l'aurait souhaité. Vous, de votre côté, vous avez prouvé que vous étiez courageux, vaillants et droits, et avez réussi à Paris. Quoi qu'il lui en coûtât, M. Lavoine est venu me voir à l'étude, discrètement, quelques mois avant sa mort. Il m'a confié ses craintes, et une mission. « Lorsque vous jugerez bon, m'a-t-il dit, que vous saurez qu'à la maison rien ne va plus comme je l'aurais souhaité, et vous me connaissez, dites simplement à François Vaillargues ces quelques mots : “Il se passe des choses vous concernant à la Noisetière." » Puis il a dit d'un ton sincère : « J'ai confiance en ces deux-là, je les aime profondément, mais j'ai eu des torts envers eux, et jamais je ne pourrai le leur dire. » Je n'ai plus rien à ajouter, conclut le notaire.

Amandine s'effondra en sanglots, bouleversée, François serra les dents. C'était donc cela !

Le retour à Roquevie se fit dans le silence. La Noisetière agrandie, belle comme une mariée, sous un toit rutilant, attendait qu'on s'occupât d'elle. François et Amandine la visitèrent. Quel changement ! Mme Lavoine n'influença ni l'un ni l'autre. Les Parisiens repartirent vers la capitale avec l'esprit bien tourmenté, ayant promis une réponse aux Lavoine dès que possible.

Pendant plus de cent kilomètres, Amandine et François ne dirent mot, le regard fixé sur la ligne d'horizon qui fuyait devant eux. Bientôt Orléans. La nuit tombait sur le voyage. François se décida enfin :

– Qu'en penses-tu, Madie ?

– Mon père a été atroce, c'est vrai, mais il te laisse le dernier mot ! Savait-il qu'il aurait besoin de toi un jour ? Son caractère ne fut facile pour personne.

Après des minutes de silence, François lui dit :

– La Noisetière est belle n'est-ce pas ? Aimerais-tu l'aménager ?

– J'aime beaucoup ses ouvertures dans le toit !

– Je ne parle pas de résidence secondaire, me comprends-tu ?

Comme nulle réponse n'arrivait, il la regarda. Amandine, dans la semi-obscurité, lui sourit. François repéra un parking et y arrêta son véhicule. Elle avait compris.

Ils s'embrassèrent tendrement, complices dans la décision qu'ils venaient de prendre.

– Madame Vaillargues de la Noisetière, peut-on rentrer ?

– Certainement chauffeur, certainement ! En route pour Paris.

Ce fut un retour merveilleux, plein d'éclats de rire, et ce quelque chose de mystérieux qui permet à tous les projets de se réaliser. Un départ pour le pays natal, tellement inimaginable il y avait à peine un an !

À leur arrivée, le brouillard couvrait la région parisienne.

– Comment peut-on vivre ici ? demanda François

Ils gardèrent le secret pendant une semaine. Puis, n'y tenant plus, Amandine téléphona à sa mère :

– Nous revenons au pays après les vacances, et pour toujours !

– Sainte Vierge, est-ce bien vrai ?

François prit alors le combiné et répondit :

– Voyez-vous un inconvénient à ce que nous prenions la suite de Calixte ?

– J'aurais pu trouver mieux, mais je m'en contenterai, bah ! Je suis très heureuse, je vous embrasse tous les trois.

Dans sa voix, une profonde émotion. Dans son cœur un soulagement immense.

Lorsque Guillaume apprit la nouvelle, il ne put y croire.

– Fini le Chemin des vents ?

– On ne sait pas encore, mais tu seras bien seul ici, c'est mon souci, mon fils.

– Je ne suis pas le gamin que vous croyez, ne vous inquiétez donc pas, je vous rejoindrai dans cette campagne aux chemins boueux et mystérieux parfois, aux champs magnifiques, aux ruisseaux à truites... et mes noix de terre, n'oubliez pas qu'un mets porte mon nom : l'omelette Guillaume !

Le temps s'écoulait bien vite. Trop de choses à penser ! Avril, mai, juin défilèrent. Un an déjà ! Amandine et François descendirent en Auvergne une fois par mois. La Noisetière fut aménagée selon leur souhait. Une merveille !

Delphin Broussotte vivait seul. Il attendait avec impatience le retour à la vie de ses terres, ne parlant jamais de Julia. Mme Lavoine l'invitait le dimanche pour le déjeuner et le souper, il ne refusait pas.

Au 14 juillet, les Vaillargues, Calixte et Marthe se retrouvèrent à Roquevie. François et Amandine en deviendraient les fermiers dès l'automne. Calixte montrait de la satisfaction, soulagé et heureux que sa sœur revienne. Cependant, une demi-heure avant le repas préparé par Amandine et sa mère, il prétexta un rendez-vous et s'éclipsa.

Un quart d'heure plus tard, une voiture se rangea près de la Noisetière. Une jeune femme brune en descendit, puis Guillaume apparut à son tour. Surprise générale ! Plus belle encore pour les Vaillargues lorsque Guillaume dit à ses parents :

– Je vous présente Charlotte Desmirailles, ma fiancée et future femme.

– Bonjour, Charlotte.

– Bonjour, mamie Marthe.

Amandine, fort émue, n'y comprenait pas grand-chose, Charlotte et mamie Marthe se connaissaient...

– On va tout vous expliquer, dit Guillaume.

Amandine et François l'embrassèrent affectueusement, surpris et, peut-être à cause de cela, maladroits.

– Le champagne est-il prêt ? demanda Guillaume à Marthe.

– Comme tu me l'as demandé, mon petit !

– Pour une surprise, dit François, c'est une excellente surprise.

– Ce n'est pas fini, asseyez-vous.

Guillaume, après avoir empli les coupes, prit Charlotte par la main et annonça :

– Charlotte et moi avons un souhait à formuler et une demande à vous faire. Nous avons bien réfléchi soyez-en sûrs. Voilà : nous voudrions devenir agriculteurs et travailler avec vous, ici, sur les terres de la famille. Oh ! je sais, vous allez dire que... et encore que... Mais Charlotte est élève ingénieur agronome, j'espère que cela vous rassurera.

– Sainte Vierge ! dit Marthe dont la coupe se mit à trembler dans sa main. Petits cachottiers, je ne savais pas cela.

Abasourdis les Vaillargues, mais heureux et ravis.

– Il faudra quand même nous expliquer en détail. Nous arrivons et, tout d'un coup, vous nous annoncez ces nouvelles. Connaissez-vous la propriété, mademoiselle ?

– Appelez-moi Charlotte tout simplement. Oui, nous sommes venus deux ou trois fois, Guillaume et moi. Mamie Marthe a gardé le secret. Notre décision ne tenait qu'à la vôtre, et nous ne devions pas vous influencer.

– Vous êtes formidable, je vous embrasse !

– Bah ! Tout ça me donne faim, dit Marthe. Calixte étant parti, il reste une place, si tu allais chercher le Delphin Broussotte, François, ça lui ferait peut-être plaisir, il est bien seul...

Ce fut une journée exceptionnelle pour tous. Marthe Lavoine la savourait tout particulièrement. François et Amandine n'avaient d'yeux que pour Charlotte et leur fils Guillaume qui leur avaient annoncé cette magnifique nouvelle. Charlotte avait des idées neuves, des méthodes améliorées et une envie folle de réaliser un projet avec son Guillaume. Au cours du repas, on apprit qu'elle était la quatrième enfant des Desmirailles, gros fermiers à Saint-Flour. Venue passer quelques jours chez des amis au Rouget, elle avait rencontré Guillaume lors de la fête, il y avait à peine un an. Leur amour avait fait le reste ! L'instituteur avait demandé un congé d'un an renouvelable, histoire de ne pas quitter brutalement l'enseignement. Le repas terminé, ils visitèrent la Noisetière, une fois de plus.

– Qu'elle est belle la Noisetière, disait François.

– Elle t'attend, et pour longtemps, dit Marthe.

– C'est une belle bâtisse, tu as enfin de la chance, François. Putain que je suis content ! rabâchait Delphin.

Il imaginait déjà ses terres sans clôture, mêlées aux autres...

Le soir, les jeunes invitèrent les moins jeunes au feu d'artifice. Delphin et Marthe suivirent, mais pour qu'on ne les remarquât pas au bourg, tout ce petit monde s'installa dans un endroit à l'écart, d'où l'on voyait parfaitement.

– À mon âge, qu'est-ce que diraient les gens, bah !

Guillaume serrait contre son cœur Charlotte, sa jolie brune. Amandine et François se tenaient la main. Le ciel s'illumina de mille feux, d'étoiles d'or et d'argent.

Lorsque le bouquet final éclata, il sema de l'espoir dans les cœurs pour tant et tant d'années, à la Noisetière, à Roquevie, dans ce petit coin d'Auvergne perdu au milieu du temps.

Épilogue

Cinq années s'écoulèrent, heureuses, dans ce Cantal tant aimé. La maladie de François avait disparu comme par enchantement.

Calixte avait eu sa part dans l'arrangement de la famille. Finalement, Monique l'avait rejoint et pour eux la vie commune avait repris à Aurillac, où Calixte travaillait dans une importante entreprise de transport.

François et Amandine avaient réglé la succession et se trouvaient propriétaires de la ferme.

Une société d'exploitation (un GAEC) avait été créée du nom de « La Noisetière », avec tous les Vaillargues comme associés. Le Chemin des vents cédé, le capital fut investi dans le projet familial. Avec les terres de Broussotte, c'étaient plus de quatre-vingts hectares qui se trouvaient réunis. La production laitière dont les quotas avaient dû être renégociés et la production de céréales, plus adaptées aux terrains, assuraient un revenu acceptable pour tous, et ceci en grande partie grâce à Charlotte, à ses techniques et à sa volonté. Deux enfants naquirent et Guillaume pensait déjà à leur avenir, ici dans cette campagne. Marthe vieillissait doucement, Delphin venait tous les dimanches chez mamie Lavoine. Bernard n'avait pas besoin de prétexte pour venir souvent à la Noisetière voir son cousin et ses petits-cousins.

La boîte à mots s'ouvrait de temps à autre chez Guillaume. On repensait alors au père Canabex.

Un livre unique, relié plein cuir, conservait à jamais les croquis, dessins et photographies du reporter Guillaume. Certains textes du jeune écrivain relataient les souvenirs de mamie Marthe, et quelques recettes, dont celle de « l'omelette Guillaume » !

Des sabots de bois décoraient la cheminée de François, qui parfois revoyait Mystère au détour d'un chemin. C'est comme en Dieu, disait-il, il suffit d'y croire ! Un matin qu'il ouvrait la porte, la clarté d'un rayon de soleil se posa sur sa maison. Il sourit et appela Amandine.

– Que c'est beau, dit-elle, un vrai tableau !

La Noisetière abritait enfin le bonheur, grâce peut-être à quelques noix de terre, déterrées un jour dans ce pays de cœur qui paraît aux Auvergnats plus beau que tous les autres !

La composition de cet ouvrage
a été réalisée par
I.G.S. - Charente Photogravure à L'Isle-d'Espagnac,
l'impression a été effectuée
sur presse Cameron dans les ateliers de
Bussière Camedan Imprimeries
à Saint-Amand-Montrond (Cher)

Édition exclusivement réservée aux adhérents du Club
Le Grand Livre du Mois
15, rue des Sablons
75116 Paris
réalisée avec l'aimable autorisation des éditions Albin Michel

Achevé d'imprimer en octobre 1999.
N° d'impression : 994776/4.
Dépôt légal : octobre 1999.

ISBN : 2-7028-2391-2